行き遅れ令嬢の事件簿③

公爵さま、それは誤解です

リン・メッシーナ　箸本すみれ 訳

An Infamous Betrayal

by Lynn Messina

コージーブックス

An Infamous Betrayal
by
Lynn Messina

公爵さま、それは誤解です

主要登場人物

ベアトリス・ハイドクレア……両親を亡くし、叔父の家に居候中
ダミアン・マトロック……ケスグレイブ公爵
ヴェラ……ベアトリスの叔母
ホーレス……ベアトリスの叔父
ラッセル……ベアトリスの従弟。ヴェラの息子
フローラ……ベアトリスの従妹。ヴェラの娘
レディ・アバクロンビー……伯爵未亡人。社交界の中心的存在
アンドリュー・スケフィントン……侯爵家の息子
エミリー・オトレー……資産家の娘。アンドリューの婚約者
アメリア・オトレー……エミリーの母
チャールズ・ウィルソン……アメリアの恋人。亡きトーマス・オトレーの元部下
ヌニートン子爵……アンドリューの親戚
モゥブレイ伯爵……ボンベイ総督府の元職員
トーントン侯爵……ウィルソンが執事として仕えた主

1

ヴェラ・ハイドクレアは、姪のベアトリスが暴行を受けたことを知ってひどく動揺した。両目が腫れあがり、あざになるほどの傷を負うなんて。そんなことは誰にだって許されないけれど、幼いころに両親を亡くしたかわいそうな娘がなにもそんな目に遭わなくたって。とはいえ、自業自得だと言えなくもなかった。義兄夫婦の忘れ形見を引き取ってほぼ二十年。その間ずっと、ベアトリスはひかえめで素直で、面倒なことなど起こしたことは一度もなかった。けれども五ヵ月前、湖水地方でとつぜん大胆なことをしでかしたときには、ひどくおどろかされたものだ。それでもあのときは、殺人事件に遭遇するという異常な状況だったし、ケスグレイブ公爵もからんでいたから、厳しく説教をするくらいで勘弁してやった。だがさすがに今回は、大目に見てやるわけにはいかない。男装して家を抜け出し、かつての恋人デイヴィス氏の葬儀に出席したあげく、顔を何度も殴られるなんて。葬儀に行くと事前に知っていたら絶対に許さなかっただろう。ベアトリスも自分が浅はかだったと認めているから、ここはじゅうぶん反省させるためにも、傷の治りには関係なく、とうぶん外出禁止にしよう。諸事情を考えれば、我がハイドクレア家にとってもそのほうが都合がいい。

「残念だけど、その傷ではやっぱりペンバートン家の舞踏会に出席するのは無理だわ。家に閉じこもって三週間も経つから、さぞかし退屈しているでしょう。でもあなたのためを思って言っているの。そんなあざの残る顔で人前に出たら、どれほど笑いものになることか」

ベアトリスは、大きな振り子時計の横にある鏡で自分の顔をのぞきこんだ。

「でも叔母さま、あざなんてもうどこにもありませんけど」

「いやだわ。殴られたせいで視力が落ちたんじゃないの？　そんなあざがあったら、暴力沙汰に巻き込まれたとすぐにばれてしまいますよ。すっかりきれいになるまで、あと一週間はかかるわね」

ベアトリスはぞっとした。あと一週間も外出できないですって？　これじゃあ、狭苦しい鶏小屋に閉じ込められたニワトリみたいだわ。「叔母さま、だけど――」

「いいこと？　これはあなただけではなく、ハイドクレア家全員の評判を守るためでもあるんです。誰が見ても気づかないほどあざが消えたら、舞踏会に出たり訪問を受けたりしてもいいわ。意地悪な親戚なら、あなたがそんな顔で出かけて恥をかいても平気でしょうけど。でもわたしたちにそんなことはできないわ。これほど気にかけてくれる家族がいてどれほど幸せか、よく考えることね。さあ、部屋にひきあげなさい。わたしはエマーソン夫人と明日の献立の相談をしなくてはいけないから」

ベアトリスは抗議しようとしたが、何を言っても無駄だと気づき、すぐに口をつぐんだ。彼女の顔にあざが残っているとか、そういう問題ではないのだ。叔母さんは姪っ子が突拍子もない言動をすることを恐れ、できるだけ長く人前に出さないでおこうとかたく決心しているのだろう。ただ、さっきの話では、ここポートマン・スクエアのタウンハウスに軟禁されるのもあと一週間ぐらいのようだ。それなら潔く受け入れたほうがいい。

おもしろくはなかったが、この程度の罰を受けるのは仕方がないとも言えた。勝手に殺人事件に首をつっこみ、その調査をするために従弟のラッセルの服を無断で借りて男装し、その結果、顔にひどいあざを作ってしまったのだから。そもそも叔母さんに話したように、かつて熱烈な恋愛関係にあった法律事務所の職員、セオドア・デイヴィス氏の葬儀にこっそり行ったわけではない。身分の違いを理由にふたりの仲を引き裂いた彼の父親が、彼女の変装を見やぶって激怒し、葬儀の場で殴りかかってきたわけでもない。デイヴィス氏もその父親も、ベアトリスの作り話のなかでしか存在しない虚構の人物なのだから。

二十六になる今日まで、ベアトリスには恋人と呼べるような男性はひとりもいなかった。平凡なブラウンの瞳、薄い唇、青白い肌、鼻から頬に広がるそばかす――そんな娘に惹かれる男性などいるわけがない。社交界にデビューしたばかりのころ、〝くすみちゃん〟という不名誉なあだ名までつけられたほどだ。そのうえ、気の利いた会話で相手をうならせるどころか、挨拶ですらおどおどしてろくにできないのだ。

ところが五ヵ月前、湖水地方にある侯爵家のハウスパーティに招かれ、ゲストのひとりトーマス・オトレー氏の血まみれの死体に遭遇したことで、すべてが一変した。当初は自殺とされていたオトレー氏の名誉を取り戻すため、ベアトリスは独自に調査を進めていき、失敗を重ねながらも、最後には彼を燭台で殴り殺した犯人を逮捕に導いた。調査の途中には、ゲストのひとりから話を聞き出すため、自分にはかつてデイヴィス氏という身分違いの恋人がいたという話まででっちあげていた。

けれども、軽い気持ちでついたその嘘のせいで厄介な状況に陥ってしまった。

一番の問題はヴェラ叔母さんだった。もともと彼女は、姪っ子の結婚相手に多くは望まない、せめて地主の次男坊か三男坊、あるいは田舎の牧師あたりにでも嫁にやれれば御の字だと考えていた。けれどもベアトリスが社交界にデビューして六年、どうやらそれすら難しいと気づき、おそらく一生ハイドクレア家で面倒を見ることになるのだろうと、半ばあきらめの境地に達していた。それなのに、結局は実を結ばなかったとはいえ、姪っ子に結婚まで考えた男性がいたとは！　であれば、これまでのように相手の地位にこだわることはせず、そのデイヴィス氏とやらと同じような事務弁護士に的を絞り、新たに貰い手を探せばいい。そのためにはデイヴィス氏を見つけ、姪っ子の好みのタイプを知る必要がある。もちろん身分違いの相手との結婚は世間体が悪い。だが最近のベアトリスの突飛な言動を考えると、ハイドクレア家にとっては、彼女に社交界から身を引いてもらうほうがはるかにプラスになるはずだ。そう、善は急げというではないか。なんとしてでも、デイヴィス氏の居どころを捜し出さねば……。

夫のホーレス叔父さんまでも巻き込んで、デイヴィス氏の捜索にのりだした叔母さんを見て、ベアトリスはとうとう最後の手段に出た。こうなったらデイヴィス氏に死んでもらうしかない。そこで彼の死亡告知を新聞に載せようと、〈ロンドン・デイリー・ガゼット〉に足を運んだのだった。ところが無事に掲載を依頼し、これですべてが終わったと胸をなでおろしたそのとき、短剣で刺された貴族の紳士ファゼリー卿が足元に倒れてきて、そのまま息絶えてしまった。

ベアトリスは真っ青になった。ひどい。よりによってわたしの足元に転がらなくたって。それも最悪のタイミングで。この場にいたことを叔母さんに知られたら、デイヴィス氏とのロマンスが何もかも嘘だったとばれてしまう。

結局、彼女はファゼリー卿を殺した犯人を捜すことになり、その過程で顔を殴られ、ひどいあざを作ってしまった。ただそうした事実は、とうぜん家族には隠しとおさなければならない。もしばれてしまったら、みんなどれほど震え上がるだろう。

オトレー氏の殺害犯を見つけたことに味をしめ、まったく関係のない事件まで解決しようだなんて、思い上がりもいいところだと。とはいえ、デイヴィス氏の死によってベアトリスの精神状態が不安定なことは、叔母さんはもちろん、家族みんながよくわかっていた。従妹のフローラなどは、ベアトリスはデイヴィス氏が妻子を捨てて自分と一緒になってくれることをあきらめていないとまで思いこんでいたほどだ。だったら、おかしな変装までして彼の葬儀に参列し、殴られてぼろぼろになって戻ってきたという作り話を信じたほうが、彼らにとってもしあわせだろう。〝無知は至福である〟という言葉がたしかあったはず。それに、今回もケスグレイブ公爵と一緒に犯人を捜していたと知ったら、叔母さんの目玉はショックのあまりぴょんと飛び出し、階段を転げ落ちてしまうかもしれない。

その場面を想像してベアトリスはクスクスと笑ったが、すぐに眉をひそめた。叔母さんほどではないにしろ、彼女もやはり、自分と共に公爵が殺人事件の調査をしたことが不思議でたまらなかった。なにしろ彼は、富にも容姿にも地位にも恵まれ、社交界では誰もが憧れる存在だ。やりたいことは何だってできるのだから、あえておどろおどろしい事件に関わる必要はない。百歩ゆずって〝探偵ごっこ〟を楽しみたいにしても、どこにでも自由に出入りできる特権を持っているのだから、彼女と一緒に行動する必要もない。それなのにわざわざ情報交換のために訪ねてきたり、相談をしたいと言ってワルツに誘ったり。

あんなふうにされたら、身の程知らずの娘だったら、自分に気があるのではと舞い上がるところだ。

けれどもベアトリスは、そこまで愚かではなかった。

彼に夢中になってしまったのは事実だが、自分を愛してもらえるとは一瞬たりとも思わなかった。

そうよ。ベアトリスは自分の冷静さと明晰な頭脳に感謝した。そのおかげで、けっして手の届かない公爵に恋い焦がれ、情けない自分をあわれむようなみじめな想いはしなくてすんでいる。そんな無意味なことで人生を無駄にはしない。あの真っ青な瞳やブロンドの巻き毛、それにちょっとずれたユーモアのセンスにうっとりしている暇はない。わたしには熱い情熱をささげるものがあるのだから。

公爵のことなど頭から締め出せるほど魅力的なもの——それは未解決の殺人事件だ。

今の軟禁状態から解放されれば、すぐにでもそうした事件を見つけたい。この三週間、ベアトリスはそればかり考えていた。謎めいた殺人事件に出会ったら、誰もが気づかないような小さな手がかりを目ざとく見つけ、知恵をしぼって犯人を導き出す。その間はわくわくして、他のことなんか何も考えられない。

これって、絶望的な恋を忘れるには最高の解決策ではないだろうか。

そうそう、それと。目の前で殺人事件が起きても、もう絶対に首をつっこまない――ケスグレイブ公爵にはそう約束したが、どこか遠い場所で起きた事件ならば何も問題はない。彼との約束を破ることはなく、最高の気晴らし（少し語弊はあるが、報われぬ恋に苦しむ乙女に免じて許してほしい）ができるわけだ。

それなのに。

まさか公爵が、何度もハイドクレア家を訪ねてくるとは思いもしなかった。

週に何日かは、午後になるとフローラが階段を駆け上がってきて、ベアトリスの部屋のドアを勢いよく開け、うれしそうに報告した。

「ねえ、今日もまた公爵さまが訪ねてきて、ミス・ハイドクレアのお加減はいかがですかと訊いていたわ。お母さまはあいかわらず、まだ外出できるほど回復していないとお伝えしていたけど」

それを聞いて、ベアトリスは胸がきゅっと締めつけられるような思いだった。表向き、彼女は体調をくずしてしばらく療養していることになっている。だが公爵は、彼女の腫れあがった顔を実際に見て、その傷の程度を知っている。だからなぜ三週間経ってもいまだに治らないのか、実は他にも深刻な怪我をしていたのではないかとやきもきしているのだろう。もし彼が叔母さんの魂胆を知ったら、つまり姪っ子の傷はすっかり治っているのに、社交の場に出すのを遅らせるために軟禁状態にしているだけだと知ったら、こんなふうに三日にあげず立ち寄るわけがない。

そしてそれもまた、叔母さんのたくらみの一つなのだろう。姪っ子がまだ回復していないと伝えることで、ロンドンで最も人気のある紳士がたびたび訪ねてきて、ハイドクレア家の株は急上昇しているからだ。これまでは同じような立ち位置の、非主流派の人たちと交流し、社交界の片隅にどうにか居場所を得ていたにすぎない。ところが今回、ケスグレイブ公爵の訪問を何度も受けることで、ヴェラ叔母さんは一気に社交界の中心へと押し上げられ、以前はパーティで彼女に見向きもしなかったレディたちが声をかけてくるようになった。彼女たちの輪に無理をして加わっているのは、フローラの将来のためだと叔母さんは言うが、注目の的になっているのがうれしくてたまらないのは誰が見ても明らかだった。実際、有名なボクシング・サロンのレッスンに通いたいと息子のラッセルがどれほど懇願しても絶対に許さなかったのに、最近になってとつぜん承諾するほど機嫌が良かった。ところが母親の思惑を知らないラッセルは、憧れの公爵の気を引こうとして、ベアトリスの傷はほぼ回復していると彼に伝えてしまい、それを知ったヴェラ叔母さんを激怒させてしまった。フローラの話では、結局ラッセルはサロンに通うのをまたもあきらめる羽目になったそうだ。

ベアトリスの回復を今か今かと待っていたのは、ケスグレイブ公爵だけではなかった。美貌の伯爵未亡人レディ・アバクロンビーもまた、ベアトリスが社交界に復帰するのを心待ちにしていた。レディ・アバクロンビーと言えば、その朗らかさやウィットのきいた会話で知られ、また夫亡きあと、大胆な恋愛をつぎからつぎへと繰り返していることでも有名な社交界の華だ。その彼女が、今年のシーズンの個人的なお楽しみ企画にしようと目をつけたのがベアトリスだった。行き遅れの地味な娘を、社交界の注目を集めるレディに仕立てあげようというのだ。その計画を知って、ヴェラ叔母さんは当然おどろいた。彼女としては、何をしでかすかわからない姪っ子をなるべく目立たないようにしておきたいのだから。そこで、姪っ子の代わりに娘のフローラはどうかと水を向けたものの、レディ・アバクロンビーは頑として首を縦に振らない。

「ミス・ハイドクレアがいいの。彼女の体調が良くなったらすぐに教えてくださいね。いろいろ相談したいことがあるから」

ヴェラ叔母さんは初めのうち、レディ・アバクロンビーはそのうちベアトリスの変身計画のことは忘れてしまうだろうとたかをくくっていた。なんといっても彼女は交際範囲が広く、あっちへひらひらこっちへひらひらと、蝶のように忙しく飛び回っている女性なのだ。ところが予想ははずれ、ベアトリスとはいったいいつ会えるのかと、頻繁に問い合わせてくる。この件に関してだけはどうやら象のように記憶力が良く、執拗にこだわり続けているらしい。

叔母さんは顔をしかめた。まったく迷惑な話だこと。

ベアトリスのほうも、レディ・アバクロンビーの自分への関心はすぐに薄れるだろうと思っていた。それなのにどうしてだろう。たしかに彼女は、ライオンの仔をペットにしたり、自分の居間を東洋ふうに飾り立てたりと、目新しいことにとびつく傾向がある。だからぱっとしない行き遅れの娘を変身させ、みんなをおどろかせたいのはわかるが、舞踏会に行けばそんな娘はいくらでも見つかるだろう。なにも社交界から一ヵ月近くも遠ざかっているベアトリスを執念深く待つこともないだろうに。

ベアトリスはひとり言をつぶやいた。「だけどそんなこと、実はどうでもいいわ。今のわたしに必要なのは、公爵のことを忘れさせてくれるものよ。たとえば何か恐ろしい犯罪とか。そうよ、身の毛もよだつような、どうしてこんな陰惨なことができるのか理解できないほどの。いったいどうしたらそんな事件を見つけられるのかしら」

やはり新聞の記事から探すのが王道だろう。そこでベアトリスは毎朝、ホーレス叔父さんが読み終えた〈デイリー・ガゼット〉を手に取り、熱心に目を通すようになった。そして三週間経って、これではらちが明かないと気づいた。隅から隅まで読んでも、政治や経済の問題、オペラや芝居の批評、海運事故のニュースなど、退屈な記事ばかりで、不可解な死を思わせる事件は一つも見当たらなかった。一度だけ、テムズ川から死体があがったという記事があったが、泥酔した船員が舳先から転げ落ち、厚板に頭をぶつけたというもので、仲間の船員五人が目撃しており、誰かに押されて殺された可能性はなかった。また強盗に奪われた盗品を捜す広告もあったが、高価な宝石や置物を見つけることに興味はなかった。ベアトリスは、もっと自分の力量にふさわしい難事件を求めていた。

となると、新聞などで悠長に探すより、別の方法を考えなければいけない。そうはいっても、死体を探してひとりでスラム街や波止場をうろつく気にはなれなかった。高飛車な公爵の鼻っ柱をへし折るのとはちがい、やはり物理的な危険が伴う。これまでも、廃屋に閉じ込められたり顔を殴られたりと何度か危ない目に遭ったが、そのときの恐怖は忘れようもなかった。

だったら警察官と親しくなり、捜査中の事件の情報を聞き出すというのはどうだろう。彼らのたまり場へ、たとえば仕事終わりに一杯飲みに行く酒場にでも行って声をかけてみるとか。

案外できないことではなさそうだ。以前ラッセルの服で執事に変装したとき、女性だとは誰にも見やぶられなかった。あのときばかりは、叔母さんによく言われている、「フェンシングの選手並みに肩がいかつくて、レディらしさがまったくないわ」という言葉に納得したものだ。一オクターブほど低い声を出すのもうまくいったし。問題は、酒場が開く夜にこっそり家を抜け出せるかどうかだ。家族全員が集まるディナーに顔を出さないわけにはいかない。

何かいい方法はないものだろうか。

とそのとき、フローラがノックもせずにいきなり部屋に入ってきた。

「ベア、今すぐ行くわよ。ほら、早く。誰にも気づかれないうちに」

フローラのはしばみ色の瞳は、いたずらっぽく輝いている。

「行くってどこへ?」

「居間よ」そう言いながら、ベアトリスの腕をつかんでひっぱっていく。「あなたにお客さまなの。お母さまはまだ知らないから、その前に彼と会ってしまうのよ」

「わたしにお客さまですって?」

「そうよ!　三週間ぶりに家族以外の人と話せるのよ。こんなばかみたいな軟禁状態から解放されるチャンスは今しかないわ。このままでいたら頭がおかしくなっちゃうでしょ」

ベアトリスは従妹の大げさな言い方に笑ってしまった。実をいえば、舞踏会だの晩餐会だのと連れまわされることもなく、思う存分読書ができる生活はそれほど悪いものではない。本棚に囲まれてお気に入りの肘掛け椅子に腰かけ、テーブルには紅茶とあたたかいスコーンが並んでいるというのは、頭がおかしくなるどころか、最高に幸せな毎日だと言えなくもなかった。

ただフローラの言うことにも一理あった。ひきこもって暮らしていると、一生このままでいいのかとだんだん不安になり、なんだか手足がむずむずしてくるのだ。自分の人生から何かが失われてしまったような。そして今フローラに指摘され、それが何であるかを理解した。いわゆる、〝他者との交わり〟と呼ばれるものだ。

その事実にベアトリスはおどろき、すぐにも否定しようとした。なにしろ彼女がこの世で最も必要としないものがあるとしたら、それは〝話し相手〟だったからだ。彼女は不器用なくせに、いや、だからこそ自意識過剰なところがあり、挨拶程度の会話でさえつっかえてしまう。頭のなかには言葉が整然と並んでいるのに、いざ口にしようとするとうまく出てこない。

六年前に社交界にデビューして以来、そうしたベアトリスに幻滅し続けていたのは、叔父さんや叔母さん以上に彼女自身だった。

ところが湖水地方のハウスパーティで、ゲストのオトレー氏の死体を目にしたときに、それが一変した。その場で遭遇した公爵に自分も殺されると思った瞬間、本当の恐怖とは何であるかを知ったからだ。それに比べれば、舞踏会で経験した恐怖など取るに足らないもので、笑われるとか見下されるとか、そんなことは恐れるようなものではないと。

それにしても、今さら誰かと一緒に過ごしたいと思うなんておどろくべきことだ。これまでずっと、できるだけひとりになりたいと思ってきたのに。だからこそ、会話を楽しめるような相手を探そうと考えたことすらなかった。

ベアトリスはそこでフッと笑い、自分に問いかけた。〝誰か〟ではないんでしょう？

そう、自分が一緒に過ごしたいのは、会話を楽しみたいのは、ダミアン・ケスグレイブ公爵その人だけなのだ。

すると、心のなかで小さな声が反論した。いいえ、公爵だけじゃない。湖水地方のパーティで出会ったゲストのひとり、ヌニートン子爵だって。わたしの探偵としての能力を認めてくれたハンサムな紳士。レランド家の舞踏会では、ダンスを踊りながらいろいろな話で笑わせてくれた。それにレディ・アバクロンビーも忘れてはいけない。初めて会ったときは苦手なタイプだと思ったが、亡くなった両親とも親しかったというし、できればもう少し話を聞いてみたいと思っていた。

「ベアったら何をぼうっとしているの。急いで」フローラがまたベアトリスの腕を強くひっぱった。「とにかくまずはお客さまに会ってしまうの。あなたの顔にはまだ傷あとが残っている、だから人前には出せないなんてばかげたことをお母さまに言わせないようにね。そうすれば今夜のペンバートン家の舞踏会に出席して、ケスグレイブ公爵とたっぷりダンスができるわよ」

ベアトリスは階段の上でいきなり立ち止まった。

「なんですって?」

フローラがにやりとした。

「何をおどろいているの。あなたたちは惹かれ合っているじゃないの。あなたは彼のプライドに鋭く切り込み、彼はあなたの挑発に反撃する――そういうのがあなたたちの対話であり、ふたりともそれを心から楽しんでいた。デイヴィスさんに気を取られて気づかなかったけど、公爵さまがあなたの体調を心配して毎日訪ねてくるようになってようやくわかったわ」

ベアトリスは頭が真っ白になっていた。

「毎日なんて嘘よ。週に二回ぐらいでしょ」

フローラは笑ってから、ベアトリスに階段を下りるようにとうながした。

「そうね。でも週に二回も訪ねてくるほど、彼はあなたを心配している。つまりあなたに夢中なのよ」

ベアトリスはとまどいつつも、フローラの言葉を即座に否定する気にはなれなかった。男性と個人的に親しくなったことはほとんどないが（というよりまったくないのだが、そう言い切るのはあまりにも悲しいので）、公爵が自分に何らかの感情を抱いていることはわかっていた。とはいえ、それがフローラの言うような恋心かどうかはわからない。自分でもわからない衝動に突き動かされ、ベアトリスに引き寄せられてしまうのか。いや、わかっていたとしてもたいした問題ではない。彼は何拍子もそろった、イギリスで最も人気のある独身男性のひとりだ。少しぐらい気に入ったからといって、十人並みの容姿で、ろくな後ろ盾もない娘を妻に迎えるわけがない。まもなく公爵は三十三になる。すべてにおいて完璧な彼にふさわしい、完璧なレディを伴侶として選ぶのもそう遠いことではないだろう。

「あなたは何もわかっていないのよ」ベアトリスはきつい口調でフローラに言った。公爵が足繁く訪ねてくる最大の理由は、自分が目を離した隙に彼女が大怪我をしたことに責任を感じ、すっかり回復したと確認したい――ただそれだけのことなのだ。恋しい相手に会いたくてたまらないわけではない。「あなたにわかるはずないわ」

だがフローラは、ベアトリスがまじめに否定するのをかえっておもしろがるだけだった。

「いいわ。この話は終わりにしましょう。でもお願いだから急いでちょうだい。お母さまがエマーソン夫人と夕食のメニューを相談しているのが聞こえるわ。居間のほうに向かっているのかも」

実際、ヴェラ叔母さんの不機嫌そうな声が聞こえてきた。

「この前みたいに水っぽいブラマンジェを出すのはもうやめてよ」

そこでフローラと共に、急ぎ足で居間へ向かった。だがその途中、急に不安におそわれた。やっぱり顔のあざはまだ残っていて、叔母さんはわたしのためを思って人前に出さないのでは？　居間のドアを開けようとするフローラの手首をあわてて握り、心配そうに尋ねた。

「ねえ、わたしの顔、本当におかしくない？　鏡には映らないうっすらしたあざがあるんじゃない？」

フローラが笑った。「いいえ。もうとっくに治っているわよ。殴られたあざって、黒から紫、褐色へと色が変わると聞いたけど、あなたのはそんなことに気づかないほど早くきれいになったわ。お母さまったらがっかりしていたもの。ほら、なるべく長くあなたを閉じ込めておきたいから」それからベアトリスの手を振りほどき、ドアの取っ手をまわした。「さあ、入るわよ。チャンスは今しかないんだから」

ベアトリスはごくりとつばをのみこみ、大きくうなずいた。だがドアがカチャリと音をたてて開いたそのとき、自分を訪ねてきた人物が誰なのか考えもしなかったことに気づいた。公爵のことばかり頭にあったせいだ。そして今、まったく予想もしていなかったハンサムな紳士を目にして、その場で固まってしまった。五ヵ月前、湖水地方でハウスパーティを開いたスケフィントン侯爵夫妻の息子、アンドリューだった。

2

フローラは目を輝かせてアンドリューにほほ笑みかけた。まるでなつかしい友人を歓迎するかのようだ。

「アンドリューさん、おひさしぶりです。ご訪問いただきありがとうございます。ドーソンがすぐにお茶をお持ちしますので、どうぞお座りになって」

アンドリュー・スケフィントンはためらいがちにベアトリスに目をやり、もごもごと小さくつぶやいたが、何を言っているのかはさっぱりわからなかった。

フローラがさっさとソファに腰を下ろすと、ベアトリスも来客に会釈をして、その隣の肘掛け椅子に座った。アンドリューは少し迷ってから、紫檀(したん)の肘掛け椅子に座ると、両手を組んで握りしめ、それを無言で見つめている。何か目的があってハイドクレア家を訪れたのだろうが、ひどく居心地が悪そうで、どう話を切り出したらいいものか悩んでいるようだ。

本来ならベアトリスは、その気まずそうな様子を見ていい気味だと思ってもおかしくなかった。湖水地方で起きたオトレー氏の殺害事件で、彼はベアトリスを犯人だと思いこみ、怪我まで負わせるひどい目に遭わせたのだから。だがそれだけではない。いくら彼女の怪しげな行動を勘違いしたとしても、侯爵夫妻やゲストたち全員の前で、ベアトリスがオトレー氏と不倫関係にあったとか、公爵とも深い仲だったとか、根拠のないことを並べ立てた。そして挙げ句の果てに、〝道徳観念のない女〟だと言い放ったのだ。未婚の女性をこれ以上おとしめる言葉があるだろうか。あのとき受けた心の傷は、前回の事件で殴られた傷よりもはるかにつらかったと、ベアトリスは思い返していた。

けれども今、関節が白くなるほど両手をかたく握りしめているアンドリューを前にして、同情すら感じていた。あのあと事件の全貌が明らかになったときの彼は、二十四にもなる立派な紳士だというのに、途方に暮れて迷子のようにしょんぼりとしていた。しばらくして、遠縁のヌニートン子爵に肩を抱かれて部屋から出ていったが、ベアトリスが彼の姿を見たのはそれが最後だった。

それにしても、いったいいつになったらアンドリューは口を開くのだろう。ベアトリスが顔をしかめたそのとき、彼はとつぜん顔を上げ、力強い声で言った。

「ミス・ハイドクレア。レイクビュー・ホールでは、大変申し訳ないことをしました。ひどい怪我を負わせ、尊厳を傷つけるようなことを言ってしまった。あなたは頭脳明晰なすばらしい女性だというのに、非常に愚かしく、恥ずかしいことでした。どうぞ許してください。本当の犯人は……誰よりも忌むべき人間は……」そこで目を伏せたが、つばをのみこんでふたたび顔を上げた。「ぼくは未熟者ですが、これからは一族の名誉を挽回するため、つねに正しく生きていこうと決意しています。ぼくのせいで苦痛を味わったあなたを、もう失望させることはしないつもりです」

とても威厳のある、そして心を打たれる決意表明だった。ここまで潔く謝られては、受け入れるしかない。だがベアトリスが口を開く前に、ドーソンがお茶をのせたトレイを持って現れ、そのすぐ後ろからヴェラ叔母さんが入ってきた。誰もいるはずのない居間にお茶を運ぶとはどういうことか、不審に思ったらしい。まずはアンドリューの姿を目にして眉をひそめ、つぎにベアトリスを見て大声を上げた。

「まあ、まあ、まあ！」

ハイドクレア家の事情を知らないアンドリューは真っ青になった。以前自分がベアトリスにひどい仕打ちをしたことで、激しく非難されるのではと思ったらしい。彼があわてて立ち上がると、ベアトリスもすぐに立ち上がり、この場をなんとかうまくおさめようと口を開いた。

「あら叔母さま、ちょうどいいところにいらしてくださったわ。よろしければ、ご一緒にお茶をいかがですか。今夜はペンバートン家の舞踏会がありますから、その用意でお忙しいとは思いますが。アンドリューさんが今シーズンの予定をお知らせにわざわざ訪ねてくださったんです」それからドーソンに声をかけた。「ドーソン、お茶を淹れるのはわたしがやるから、ポットはこちらに置いてちょうだい」

わなわなと震えている叔母さんをなだめるように、優雅にほほ笑みかける。叔母さんは訳がわからないまま、娘のフローラの隣に座った。そこでアンドリューも、ぎこちなく彼女にお辞儀をして、ふたたび腰を下ろした。

「さあ、お茶をどうぞ」ベアトリスは最初に注いだ紅茶をアンドリューに勧めた。

「お訪ねいただいて、本当にうれしいですわ」

いけないとは思いながらも、ベアトリスはにんまりせずにはいられなかった。これまで二十年間、余計なことは言わないようにおとなしくしてきた。叔母さんをうっかり怒らせたら、この家から放り出されてしまうのだとつねにびくびくしていた。だが今はもう、そんなことはけっして起こらないとわかっていた。叔母さんは何とかしてベアトリスを結婚させたいだけなのだ。相手は誰だっていい。どれほど身分が低くても、たとえば田舎の鍛冶屋だってじゅうぶんだと。ただ結婚もしていない状態で姪っ子を追い出すつもりはないはずだ。心の底ではベアトリスを心配し、愛しているのだから。

たぶん。おそらく。ベアトリスはそうだと信じたかった。

アンドリューは紅茶を受け取った。「ありがとうございます。ああ、砂糖は結構です」

「とてもお元気そうですね」アンドリューの顔はまだ少し青かったが、ヴェラ叔母さんはそう声をかけた。「安心しましたわ。最後にお会いしたのはいつでしたかしら。たしかオトレーさんが……」そこで唇をかんだ。しまった。湖水地方での忌まわしい事件にいきなり触れてしまうなんて。お茶の席では、〝公序良俗に反する〟ことを話題にするのはマナー違反だから、慎重にしなければと思っていたのに。

「あ、あのハウスパーティ以来ですわね。他のみなさまもお元気にしていらっしゃるかしら。もちろん……」

今度はうっかり犯人の名前を言いそうになり、あわてて口をつぐむと、ベアトリスをにらみつけた。こんな気まずい思いをするのは、あの事件の真相を暴いた姪っ子のせいだと言わんばかりだ。出しゃばって余計なことをするからと。

ヴェラ叔母さんはこれまでずっと、不愉快な事実からはなるべく距離を置き、避けられない場合はそれに甘い砂糖をふりかけ、表面だけを見るようにして生きてきた。

ところがアンドリューは、叔母さんのそうした努力にまったく気づかず、うれしそうに話を引き取った。

「ああ、ミセス・ハイドクレア。その話を出してくださって良かった。実はこちらにうかがった理由をどう切り出したらいいものかと困っていました。どうしてもあの事件に触れないわけにはいきませんから」もじもじした態度はすっかり消えている。「ぼくの両親は今イタリアにおりますが、あたたかくなったらギリシャに移るようです。あの、治安判事がどういう判断を下したかはご存じないですよね」

いいえ、とんでもない。この場にいる全員が事の次第は聞いていたが、アンドリューのために知らないふりをしているだけだった。叔母さんの場合は、自分自身のためだろうけど。

「残念ながら父の思いどおりにはいきませんでした。治安判事のゴスポートは、自白を無視して不問に付すというわけにはいかなかったんです。あのとき警察官もいましたからね。だから判事は、自分の管轄外に夫婦で移動するよう、父に勧めたのです」

つまり刑事訴追を免れるため、海外へ移り住んだわけだ。あの年齢で見知らぬ土地で生きていくのは大変だろう。だがそれだけの罪を犯したのだから……。ベアトリスが想いをめぐらしていると、叔母さんの声がした。

「あら、それはいいですわね。ヘレンは昔から、いつか世界を旅してみたいと言ってましたもの。特にパルテノン神殿には興味津々だったから、ギリシャに行くのも納得ですわ。お父さまも釣りがお好きだからお喜びでしょう。地中海には魚がたくさん泳いでいるでしょうから」

叔母さんはどうやら、周りにも自分にも、侯爵夫妻の国外逃亡を、生涯の夢だった豪華旅行だと思いこませようと決めたらしい。

だがアンドリューは、醜い真相に叔母さんがふりかけた砂糖を、一瞬にしてふき飛ばした。

「いえ、実を言うと、ふたりとも相当まいっているようなのです。父はもともと外国人に不信感を抱いていますし、母は見るもの聞くもの気に入らないみたいで、文句ばかり言っているとか。執事宛てに送ってきた手紙には、どうやらほとぼりがさめたころ、こっそり帰国しようと考えているみたいで」

アンドリューは怒りをおさえきれなかったのか、ガチャンと大きな音をたててティーカップを受け皿に戻し、ベアトリスに向き直った。

「ねえミス・ハイドクレア、あなたならわかってくれますよね。彼らはふつうじゃない、邪悪で冷酷なモンスターなんですよ」

事件の真相を暴いたベアトリスなら、彼の精神的な苦痛をわかってくれるはずだと思ったらしい。

「そうなんだ、モンスターとしか言いようがない。ぼくはなぜそれに気づかなかったんだろう。二十年以上も一緒に暮らしてきたのに」

その悲痛な声を聞いて、ベアトリスは何とも言えない恐怖を感じた。彼は自分の苦しみを少しでも彼女に肩代わりさせようと、ここポートマン・スクエアを訪ねてきたのだろうか。

あの事件によってスケフィントン侯爵夫妻の正体がわかり、アンドリューが奈落の底に突き落とされたのはわかる。とはいえ、真相を暴いた彼女にその責任を負わせるのは筋がちがうのではないか。ベアトリスのせいでオトレー夫人と遊び歩けなくなったと、叔母さんが八つ当たりしているのと同じではないか。冗談じゃない。それでなくても、今はひどく不自由な生活を強いられているのに。高い塔に閉じ込められたお姫さまみたいな身の上なのだ。

ところがどうしてだか、訳のわからない正義感が胸にこみあげてきて、アンドリューにやさしい言葉をかけていた。

「気づかなかったのはしかたがありません。ご夫妻のことは誰もがすばらしい方たちだと思っていたのですから。叔母さま、そうですよね？」

ベアトリスは、侯爵夫人と女学院時代からの友人であるヴェラ叔母さんに尋ねた。

「まさかあんなことをしでかすとは、思いもよりませんでしたよね？」

叔母さんは話を振られ、困ったような顔で答えた。

「ええ、まあ。三十年ほどのおつきあいだけど、ヘレンは誰よりもおしとやかで。彼女が手を上げるとしたら、ハエを追い払うときぐらいだったわね。といっても、最近はあまり会う機会もなかったけど」それから少し恨めしそうに言った。「結婚して侯爵夫人になってからは、わたしとは住む世界が変わってしまったから。レイクビュー・ホールでは頻繁にハウスパーティを開いていたようだけど、わたしが招待されたのはあのときが初めてだった。あれだけの立場だと、オトレーさんとの関係にしてもかなり慎重に――」

そこまで言って、叔母さんはあわてて両手で口を押さえた。アンドリューを含め、その場にいた誰もが黙っていたが、叔母さんは顔を真っ赤にして急いで続けた。

「あら、エマーソン夫人がわたしを呼んでいるようだわ。大変残念ですが、これで失礼させていただきます」

明らかに嘘であることはみんなわかっていた。廊下から女主人の名前を、ましてや来客中に呼ぶなど、きちんとした家に仕えるメイドならありえないことだ。

フローラは母親がとつぜん立ち去ったこと、またエマーソン夫人のマナー違反をアンドリューに謝った。

「今夜のデザートのブラマンジェのことでも相談するのかしら。なんといっても、ブラマンジェの出来が我が家の平和を左右するものですから」

アンドリューはさっぱりわからないようだったが、あえて問い返すこともなく、ベアトリスに向かって話しはじめた。

「あなたのやさしさには感謝のしようもありません。あなたを苦しめたことを、ここ数ヵ月ずっと悩んできました。犯人呼ばわりしただけでなく、若い女性に怪我まで負わせてしまったのですから。しかも実際の犯人は――」

「その先はもうおっしゃらないで。間違いを犯したことを認め、後悔しているとはっきり言ってくださって、わたしのほうこそ感謝しています」

「そうですわ」フローラが身を乗り出した。「あんなことになって、これまでのことやこれからのことをいろいろお考えになったのでしょう。そのせいでまた一層苦しんで」

「ああ、そうなんです。ミス・オトレーからも同じことを言われました」アンドリューはうれしそうに言った。

「ミス・オトレーですって？　それはエミリーのこと？」そう声を上げたのはヴェラ叔母さんだった。半開きにしたドアからのぞきこんでいる。ドアの外で立ち聞きしていたらしい。

「はい。実を言うとあの事件以来、ぼくたちは頻繁に連絡をとり合っているのです」アンドリューは顔を赤らめながら言った。「おたがいモンスターのような両親を持ったことで、なんというか、絆のようなものを感じて。それで慰め合っているうちに、一緒に生きていきたいと思うようになりました。まだずいぶん先にはなりますが、クリスマスに結婚式を挙げる予定です。彼女の喪が明けてから、さらにある程度期間を置いて」

「結婚式を？」いつのまにか叔母さんはフローラの隣に座っていた。「つまり正式に結婚して、一生を共にするということですか？」

ベアトリスはおかしくてたまらなかった。叔母さんはショックのあまり、訳のわからないことを口走っている。しかたがない。彼女は侯爵家のハウスパーティに招かれた際、娘のフローラのために高価なドレスを二着も新調したのだが、それもこれも、侯爵家の跡取り息子であるアンドリューに嫁入りさせられればという思惑からだった。それなのに、女学院時代からのライバルであるオトレー夫人の娘が彼の心を射止めるなんて。たしかにエミリーはすばらしい美人だ。だが彼女の父親は燭台で殴り殺され、母親は不倫をしていたのだ。叔母さんとしては、そんなふうに汚名にまみれた一家の娘が将来の侯爵夫人になるのはおかしいと言いたいのだろう。ふたりの結婚については、ベアトリスもまったく予想していなかった。ハウスパーティのときは、アンドリューはエミリーにもフローラにも、というより結婚自体に興味がないようだったのに。まだ家庭を持つ覚悟はなく、ふわふわと面白おかしく生きていたかったのだろう。だがあの事件をきっかけに、自分の足で立つ立派な大人になったようだ。

そしてエミリーもまた、成長したらしい。ハウスパーティで会ったときは、結婚相手に求めるものは地位や富であり、できるかぎり自分を高く売りつけたいと言っていたのだから。

「なんてすばらしいお話かしら」ヴェラ叔母さんが肩を落としている横で、フローラがうれしそうに言った。「本当におめでとうございます。エミリーはロンドンに来ているのかしら。できればすぐにでもお祝いにうかがいたいけれど」

「はい。タウンハウスのほうにいますから、訪ねていただければ喜ぶでしょう。ただ婚約のことはまだ公表していないのです。オトレー氏があんなことになって半年も経っていませんから」

アンドリューが話すたびに、叔母さんはどんどん暗い顔になっていく。彼と一緒にいることさえ嫌でたまらないらしい。

フローラは母親が沈んでいるのに気づき、その手をやさしく握りしめた。

ベアトリスはアンドリューに向き直り、お祝いの言葉を言った。

「おめでとうございます。おふたりはきっと幸せになられるでしょう。とてもお似合いですもの」

ところがアンドリューは礼を言いながらも、心ここにあらずといった顔をしている。叔母さんの失礼な態度が気になるのだろうか。ベアトリスが謝ろうと思ったそのとき、彼はとつぜん立ち上がり、隣の椅子に移ってきた。そして彼女のほうに頭を寄せ、切羽詰まったように小さな声で話しはじめた。

「実はとても厄介な問題が起きてね。あまりにもひどい話で、覚悟して聞いてもらわないといけない。だがもう万策尽きて、他に頼るところもなく、きみを訪ねてきたというわけなんだ。ぼくを助ける義理などないのはよくわかっているが、どうかぼくとエミリーを助けてほしい。きみだけが頼りなんだ」

ベアトリスは、これほど必死に懇願する男性を見るのは初めてだった。今にも卒倒するのではと思うほどだ。

「わかりました。わたしでよろしければ、できるかぎりのことはさせていただきます」

アンドリューはゆっくりうなずくと、一度深呼吸をしてから言った。

「殺人事件の調査をしてほしいんだ」

3

ベアトリスは息をのんだあと、すぐさま答えようとした。ええ、ええ、もちろんですわ。ぜひこのわたしにやらせてください！　だがそこで、ふと気づいた。ちょっと待って。被害者はいったい誰なのかしら。エミリーのはずはないけれど、まさかオトレー夫人が？　でも婚約者の母親が殺されたら、いくらなんでもヴェラ叔母さんの相手などしていられるはずがない。彼の両親ということもないだろう。さっきの話では、とりあえず大陸での暮らしに落ち着いたようだし。もしや、親友のアマーシャム伯爵だろうか。

「その……いったいどなたが？」

ベアトリスの問いかけに、アンドリューは大きく息をついた。自分の話を彼女が冷静に受け止めてくれたことにホッとしたようだ。

「オトレーの部下のウィルソンだ。覚えているかな？　オトレー夫人と関係のあった」

覚えているどころではなかった。ウィルソン氏こそがオトレー氏の殺害犯だと思いこみ、侯爵家の広い敷地を捜し回ったせいで、アンドリューから痛い目に遭わされたのだ。だがウィルソン氏が殺されたとしても、アンドリューには関係ないのでは？　そもそもどうして彼が殺されたと知っているのだろう。

「ええ、もちろん覚えています」

アンドリューはすっかり落ち着きを取り戻し、小声で説明した。これなら叔母さんの耳には届かないだろう。彼女はアンドリューをエミリーに奪われたことが悔しくて、まだぶつぶつとひとり言をつぶやいている。

「彼の死体が見つかったのは今朝のことなんだ」さらに声が低くなり、ささやき声になった。「オトレー夫人のベッドの上で」

「え？　でもあの事件でふたりの関係が発覚したあと、夫人はウィルソンさんとは別れたのでは？」

「ああ、そのはずだったんだ。エミリーがひどく怒って、彼と別れるまでは二度と口をきかないと夫人に宣言したからね。ところがエミリーの話では、今朝早く夫人の部屋から悲鳴が聞こえ、あわてて駆けつけると、ベッドの上でウィルソンが痙攣していたらしい。ものすごい形相で背中をのけぞらせ、今にも身体がまっぷたつになるかと思ったと。ただまもなく震えが止まったので、近づいてみると、すでに息をしていなかったそうなんだ」アンドリューは顔をおおった。「かわいそうに。エミリーはどれほど恐ろしかったことか」

たしかに衝撃的な話だ。エミリーのことを思うとベアトリスは胸が苦しくなった。父親が非業の死を遂げてから半年もしないうちに、またもそんな残酷な死を目の当たりにするなんて。それと同時に、母親がまだ愛人と別れていなかった、娘に平然と嘘をついていたことまで判明したのだ。だがベアトリスは、ウィルソン氏が亡くなる間際の状況がわかったことにわくわくもしていた。病死の可能性はあるが、毒殺の可能性もなくはない。ただこれまで、さまざまな本から知識をたくわえてはきたが、毒物についてはほとんど知らなかった。

「エミリーのことを思うと胸が痛みます。なぜこんなにも不幸なことが重なるのでしょう。でも今は、すぐにでも現場に向かって調査を始めたいと思います。手がかりはすべてそこに残されているはずですから」

ベアトリスはきっぱりと言った。警察官というより、報酬をもらって仕事をする〝私立探偵〟のようだった。とはいえ実際は、過去二回の経験からまずは現場からと学んだだけで、それ以上の根拠があるわけではない。だからせいぜい〝素人探偵〟と呼べる程度だろう。

そのときふと、ケスグレイブ公爵のしかめ面が目に浮かんだ。ばかなことはやめろと言う、彼の声まで聞こえるようだった。

いいえ、彼がわたしの邪魔をする権利はない。もう殺人事件には首をつっこむなと言われてわたしが承諾したのは、〝目の前に死体が転がっていた場合〟だけだ。図書室でのオトレー氏や、新聞社でのファゼリー卿の事件みたいに。

だから今回は、公爵にとやかく言われる筋合いはない。

すぐ横で、アンドリューが大きく息を吐き出すのが聞こえた。肩の荷をおろしたような、安堵のため息だった。

「引き受けてくれて助かったよ。今日ここに来る前にどれほど悩んだことか。居間に通してもらってからも、どう切り出したらいいか、自分にそんな勇気があるだろうかと不安でたまらなかった。以前きみをひどい目に遭わせたのだからね。たださっき、あの件ですら許してもらえたのだから、これぐらいはだいじょうぶだろうと希望を持ったんだ」

殺人事件かもしれないのに、これぐらい？　ベアトリスは思わずふきだしてしまい、あわてて叔母さんに目をやった。だが彼女はあいかわらず、オトレー親子に敗北した悲しみの世界に浸っているようで、こちらの会話には気づいていないらしい。

「ええ。わたしでお力になれることがあれば喜んで。でもどうしてわたしに？　殺人の可能性があるのですから、やはり警察に相談したほうがいいのではありませんか」

「ぼくもそう思ったんだが、オトレー夫人が絶対にいやだと言いはるんだ。なんでも知り合いの医師がいるとかで、彼にウィルソンの遺体を内密に処理してもらえばいいと」アンドリューはいまいましげに言った。「夫がひどい死に方をして間もないし、しかも今度は愛人が亡くなったわけで、世間に知られたら自分はもうおしまいだと言うんだ。たしかにそうかもしれないが、結局は自分のまいた種だろう。実はぼくは、彼女が犯人ではないかと密かに疑っているんだ。だとしたら、愛するエミリーを殺人犯と一緒の家に住まわせておくわけにはいかない。そんなことは考えたくないが、やはり真実は明らかにしなければいけないと思っている。だが前回の事件で、残念だがぼくには真相を解明する能力がないとわかった。でもきみにはそれがある。手がかり(ピース)を一つ一つ集めてそれを組み合わせ、謎解きのパズルを完成させられる。だからこそきみに頼みたいんだ。引き受けてくれて心から感謝している」

ベアトリスは重々しくうなずいた。あたかも自分の使命であり、断るわけにはいかないとでもいうように。だが実際には、こんな幸運があるだろうかと信じられない思いだった。軟禁状態にあり、公爵への想いをつのらせている苦しいときに、夢中になれるゲームを求めているまさにそんなときに、アンドリューがぴったりのプレゼントを携えて現れるとは！　これはもう天命としか思えない。もしケスグレイブ公爵が何か言ってきても、文句があるなら神さまに言ってくれとはねつければいい。

「いいえ、そこまで信頼していただいて、わたしのほうこそ感謝の気持ちでいっぱいです。あなたとエミリーのために全力を尽くし、必ずや解決してみせますわ」真剣な顔で言ったあと、叔母さんのほうをちらりと見た。ハンカチを目尻にあて、涙をふいている。「ただご存じかと思いますが、ハイドクレア家の人たちはわたしとはちがいます。特に叔母さまはこうした事件に拒絶反応を示し、死体を見たら頭がおかしくなると信じています。だからオトレーさんの事件をきっかけにわたしの頭はどうかしてしまったと……。あっ、そうだわ。死体を見たと言えば、オトレー夫人は今回、ウィルソンさんが苦しんで亡くなる瞬間を目撃したのですよね。そのとき、取り乱したりはしなかったのですか」

「それが言いづらいんだが、彼女はウィルソンを黙らせようとしたんだ」

「黙らせようと？」ベアトリスは聞き間違えたかと思い、オウム返しに尋ねた。

「ああ。ウィルソンは痛みのあまり絶叫し続けていて、エミリーは初め、動物が吠えているのかと思ったそうだ。それで夫人は、彼の顔を枕でふさごうとしたらしい」

ベアトリスは耳を疑った。だったら彼女が手を下したんじゃないの。

「いや、初めはなだめようとしたんだが、手に負えないとわかり、枕をかぶせようとしたそうだ。だがウィルソンがベッドの上で暴れまわったので、その枕をもって夫人が追いかけまわしたとか。駆けつけたエミリーは、ベッドの上でふたりが格闘技でもしているのかと思ったらしい」こわばった声で言ったあと、アンドリューは顔を赤らめた。女性の前で使う表現ではないと気づいたらしい。

その恥ずかしそうな様子が叔母さんの目に留まり、フローラの肩に預けていた頭をすばやく起こした。事情をまったく知らないので、ベアトリスがアンドリューに不愉快な思いをさせたと勘違いをしたようだ。

「まあ、ベアトリスが何かご無礼をしたんですね。実はこの子はずっと体調をくずしていまして、お客さまと話せるような状態ではないのです。それなのに、わたしが目を離した隙に居間に出てきてしまって。なんてお詫びをしたらいいか」

「お母さまの責任ではないわ」フローラがなだめるように言った。「ベアがお客さまを迎えてもだいじょうぶだと判断したのはわたしなんです。でも間違ってはいなかったと思います。だって顔色もいいし、目なんかきらきらと輝いていますもの。アンドリューさんとお話しして、すっかり元気になったんですわ」

ベアトリスは顔を赤らめた。フローラはもちろん殺人事件のことは何も知らないが、そのおかげで従姉が生き生きしてきたと言っているのも同然だった。

「だからアンドリューさんにはお礼を言わなければいけません。うれしいご報告を聞いて、わたしたちはみんな気持ちが明るくなりましたもの」

その言葉を聞いて、叔母さんは顔をゆがめた。エミリーがアンドリューと結婚すると決まり、オトレー夫人の誇らしげな顔が目に浮かんだのだろう。いっぽうベアトリスが思い浮かべたのは、七転八倒する愛人を追いかけまわす夫人の恐ろしい形相だった。そしてふと思った。もし今朝の恐ろしい事件を知ったら、叔母さんの気持ちも少しはやわらぐだろうか。

とはいえ、姪っ子のそんな思いを知るはずもない叔母さんは、新たな行動に出た。アンドリューに一つ二つ質問したあと、彼がゆっくり考えながら答えるのをじれったそうに聞き、そのあとでわざとらしく声を上げた。

「あら、もうこんなに遅い時間なんですね。そろそろ今夜の舞踏会に行く準備をしなければ。アンドリューさんも出席されるんでしょう？」

まだ午後の三時前だ。だがもはやアンドリューは、ハイドクレア家にとって何の役にも立たない人間だ。だったらさっさと帰ってもらおうというのだろう。

けれどもアンドリューは育ちが良すぎるせいか、叔母さんの意図には気づかず、素直に答えた。

「ええ、そのつもりでしたが、急を要する事態が生じまして」ちらりとベアトリスに視線を送った。「欠席することにしたんです」

「まあ、それは残念だわ。よほど大変な問題が起きたのですね」フローラが言った。

「いや、ご心配いただくほどではありません」

アンドリューがあわてて否定している間、ベアトリスはどうやって調査に取りかかろうかと考えていた。先ほど言ったように、まずはウィルソン氏が亡くなった現場に向かうのがいいだろう。だが叔母さんの目を盗んで外出できるだろうか。前回、ファゼリー卿の事件のときにはうまく抜け出したものの、そのときに変装までしたことで、家族の監視の目がとても厳しくなっている。いや、もし開き直って堂々と自分の意志を伝えれば、叔母さんは勢いにけおされて許してくれるかもしれない。

そこできっぱりと言った。

「わたしも一緒に行きます」

叔母さんはとまどった顔でベアトリスを見つめた。

「行くってどこへ？　誰と一緒に？」

「エミリーを訪ねにいくんです。アンドリューさんと」当たり前だと言うように、ベアトリスはさらりと答えた。「アンドリューさんのお話では、ロンドンにいるのにわたしが訪ねていかないことに、エミリーはすごくがっかりしているそうなんです。それを聞いてわたし、大切なお友だちに申し訳なくって。それに婚約のお祝いも言いたいですし。どうぞご心配なく。アニーも連れていきますから」

叔母さんは目を白黒させていた。

「大切なお友だちですって？　いやだわ、あなたに友だちなんていたかしら」

叔母さんが何気なく口にした残酷な言葉に、ベアトリスはショックを受けた。事件を二つも解決して自分は成長した、周りが自分を見る目も変わったと思っていたのに、叔母さんにとって彼女は、あいかわらず孤独でかわいそうな娘なのだ。

「エミリーが友だちでなければ、どうして彼女に大事な秘密を打ち明けたりしたでしょう。家族の誰ひとりデイヴィスさんのことを知らなかったのは、わたしがひと言も話さなかったからです」

まさにそのとおりだ。ヴェラ叔母さんは言葉に詰まったが、すぐにきつい口調で言った。

「だけどエミリーは、アンドリューさんと婚約したのよ」

つまり叔母さんはこう言いたいのだ。エミリーのせいで、フローラを将来の侯爵夫人にという自分の夢は無残にも打ち砕かれた。そんな女と姪っ子が友人関係を続けるのは許せないと。

気持ちはよくわかったが、ベアトリスは苦笑いをおさえることはできなかった。

「はい。だからこそお祝いに行くのです。でもご心配なく。舞踏会の準備には間に合うように戻ってきます。ようやく社交界に復帰できるのですから」

まさかベアトリスが、今夜の舞踏会にも出席するつもりだったとは。叔母さんは二重にショックを受けながらも、むりやり笑顔をつくった。

その横で、フローラは大きくうなずいた。

「そうよ、ベア。あなたはエミリーの心の友だもの。ぜひ訪ねてあげて。わたしからもよろしくお伝えしてね」

そつのない言葉ではあったが、フローラは従姉が何かをたくらんでいると気づき、あとからそれを教えてもらおうとわくわくしているようだ。

ベアトリスは自分に言い聞かせた。フローラには気をつけなければ。デイヴィス氏の葬儀で彼の父親に殴られたというベアトリスの作り話を聞き、叔父さんや叔母さんはうのみにしたが、フローラは疑問に思っているようなのだ。いくらなんでも墓地で暴力をふるうほど不謹慎な人間がいるだろうかと。そのため、前の話と食い違いがないか確かめようとして、繰り返し細かい質問をしてくることもあった。

フローラは叔母さんたちとはちがい、オトレー氏の死体を目にしたせいで従姉が精神的におかしくなっている、とんでもないことをしでかすおそれがあるとはちっとも思っていなかった。むしろあの事件をきっかけに、本来の能力を発揮しはじめたのだとわかっていた。

暇さえあれば本を読んでいるベアトリスが物知りなことはもともと知っていたが、実はとても頭が切れて、おそらく抜け目もないのだろうと。なにしろ家族の誰も知らないうちに運命の相手と恋に落ち、結婚の約束までしていたのだ。彼と会うために頻繁に家を抜け出していたはずなのに、使用人たちすら気づかなかったとは。とくに不思議だったのは、家族たちに不意に呼びつけられても、いつだってすぐに現れたことだ。いったいどうやって逢瀬を重ねていたのだろう。まさかちがう場所に同時に存在することができる超能力者なのだろうか。それとも魔法使い？

いっぽうベアトリスは、フローラに買いかぶられているように感じてとまどっていた。まるで、不可能を可能にする魔法でも使えると思っているようだが、そうではない。いつもそばにいるように思われていたのは、実際そうだっただけのこと。これまでの二十年あまり、つねに居間か自分の部屋に控え、叔母さんに呼びつけられるたびに大急ぎで駆けつけたものだ。なぜって、こっそり抜け出していく先などなかったのだから。

もちろん、秘密の恋人も。

ついさっき叔母さんが指摘したように、訪ねていったりお芝居に一緒に行ったりする友だちすらいないのだ。

そのときアンドリューが言った。

「実はエミリーから、ミス・ハイドクレアをぜひお連れするようにと頼まれていたのです。どれほど喜ぶことか。彼女を連れ出すことをお許しくださったミセス・ハイドクレアには、感謝の言葉もありません。実に寛大でご親切な方です。舞踏会の用意をする時間までにはお戻しいたします」

お世辞に弱いヴェラ叔母さんはうれしそうに笑った。アンドリューが自分の可愛いフローラではなくエミリーを選んだことを、今の言葉で許したようだ。

「ええ、ベアトリスでよろしければぜひお連れになって。エミリーもかわいそうに。あんなに恥ずかしい思いをしたんですもの。ベアトリスと話して元気になれるというのが不思議でしかたがないけれど、わたしとしてもうれしいですし」

ベアトリスは笑いをこらえながら叔母さんに言った。

「ありがとうございます。いろいろ思うところはおありでしょうが、きっとそう言ってくださると思っていました」

「ええ。それはもういろいろと。それでも、自分を律することが大事だとよくわかっていますからね」

「そうね。自慢のお母さまだわ」

フローラが母親の肩を抱き寄せたそのとき、メイドのアニーが現れた。そこでアンドリューは立ち上がり、ベアトリスをうながして玄関へ向かった。

4

ベアトリスが居間に入ってくるのを見て、オトレー夫人は悲鳴を上げた。いつまでも叫び続けるので、メイド長や従僕たちが駆けつけてきたが、中に入ろうとはせず、ドアの前でうろうろしている。何か見てはいけないものが、たとえばまた新たな死体が出現したのではないかと恐れているらしい。キッチンの下働きの娘までいるのに気づいて、夫人はようやく叫ぶのをやめ、ぎこちなく笑った。

「あらあら、すごい騒ぎになってしまったこと」

そこへ執事が現れ、あっけにとられている使用人たちに戻るようにと指示を出した。彼も下がろうとすると、夫人が呼び止めた。

「お茶を持ってきてちょうだい。お客さまだから」それからベアトリスに向き直った。「ごめんなさいね、いきなり叫んだりして。あなたを見たとたん、レイクビュー・ホールの居間に引き戻されたのかと思ったの。我が家の秘密を暴かれたあの瞬間に。正直に言うと、あなたにはもう二度と会いたくないと思っていた。それがよりによってこんな惨めな日にお迎えするなんて。いったいそんなことが、このわたしに耐えられると思う？」

するると、途中で部屋に入ってきた娘のエミリーが冷ややかに言った。

「お母さまったら、お芝居のヒロインにでもなったつもりなの。まあ、いつものことだけど」

エミリーは、透き通るような色白の肌にバラ色の頬、ぽってりした唇、ライトブルーの瞳に黒いまつ毛がよく映える典型的なイギリス美人だ。小柄な母親とはちがってすらりと背が高く、ゴージャスな羽根飾りつきの帽子をいくつも持っているのが自慢だ。だが今日は、その美しい髪に何ものせていない。

「ベアトリス、よく来てくれたわね。アンドリューは弁護士との打ち合わせがあってお茶をご一緒できないの。残念がっていたけど、実はホッとしているかもしれないわ。わたしと母の口喧嘩を聞かなくてすむから」苦笑いを浮かべながら、ソファに座るベアトリスの横に腰をおろした。「こんなに早く来てくれて本当にありがたいわ。警察には通報しないと母が言い張るものだから、どうしようかと途方に暮れていたの」少しだけ声を落とした。「半年ほど前、あなたのおかげで、母はどんなときでも打算で動く、とても薄情な人だとわかったでしょ。だからウィルソンさんが亡くなったのは母がからんでいると思うの。警察を呼びたくないというのがその証拠じゃないかしら」

ベアトリスはびっくりした。父親が殺された事件で、エミリーが心に深い傷を負っているのはわかっていたが、そこまで母親の人格を否定するとは。ヴェラ叔母さんだって相当薄情な人間だし、しかもそれに気づいたのは、半年前どころか二十年も昔だ。それでもそんなことを理由に、叔母さんを殺人犯だと疑うことはないだろう。

「だけどね、母が殺したんじゃないことはきちんと説明がつくの」エミリーは残念そうに言った。

「そのとおりよ」オトレー夫人が娘をにらみつけた。「だってそうでしょ。わたしは彼との関係をあなたに知られたくなかったのよ。もし彼を殺したかったら、ボンド・ストリートで馬車の前に突き飛ばせばいいだけじゃないの。あるいは、ここからずっと離れた高い建物の窓から突き落とすとか。こんなふうに自分の寝室で、しかも見せつけるように殺す必要はないでしょう。邪魔者を抹殺するなら、殺す場所が大事なことぐらい誰でもよくわかっている。よっぽどのことがないかぎり、自分の家を殺害現場にするわけがないわ」

エミリーはわざとらしくため息をつき、半分あきらめの表情でベアトリスを見た。

「たしかにそのとおりだから、母を容疑者からはずしたの。それなのに、警察を呼ぶのはいやだと言い張るのよ」

オトレー夫人は首を横に振った。「警察なんて面倒なことになるだけだわ。わたしはね、彼を庭に埋めたらいいと思うの。いくらなんでもそれはと言うんなら、葬儀屋を呼んで、きちんと型押し（エンボス）すればいいわ。どうせ埋めてしまうんだからお金の無駄のような気もするけれど。なにしろ我が家の家計は火の車——」

「防腐処理（エンバーム）でしょ」エミリーがぴしゃりと言った。

「え、なあに?」夫人の顔にはとまどいといらつきが混在している。

「エンボスというのは紙に型押しすること。お母さまが言いたいのは、死体に防腐処理をすることでしょ」

オトレー夫人は深いため息をついた。いろいろありすぎてもう疲れたとでもいうようだ。

「あなたのほうが何でもよくわかっているみたいじゃない。わたしがここにいる意味はあるのかしら」ベアトリスに顔を向けた。「そうでしょ。わたしは別に必要ないんじゃないの。それにしても、大事に育てた娘に、まさかこんなふうに邪険にされるとはねえ」

「お母さま！　よくもそんなことが言えるわね」

「あなたのほうこそ！」夫人が怒鳴り返す。ベアトリスはなんだかばからしくなってきた。どっちもどっちだわ。たしかに夫人は、聖母マリアのような母親とは言い難い。だがエミリーのほうも、実の母親を犯人呼ばわりするのだから相当なものだ。

「ウィルソンさんとお母さまの関係を知って、わたしがどれほど傷ついたか。あんな恥知らずな――」

「だから彼とは別れたじゃないの！　つらかったけど、あなたのために」

「嘘よ！　もう二度と会わないと大見得をきったくせに、結局何事もなかったように関係を続けていたんでしょう？」

「そうよ。だけどあなたには最後まで隠し通した。今日の今日まであなたが気づかなかったのは、わたしがそれだけ気をつけていたからよ。大事な可愛い娘を傷つけないように」口調をやわらげた。「わたしほどあなたを愛している人間はこの世にいないわ」

だが夫人の必死の訴えもエミリーの心には届かず、やれやれと首を振っている。ベアトリスは、母娘の関係が以前とはまったくちがうことにおどろいていた。去年の秋、初めてレイクビュー・ホールで会ったときは、オトレー氏も夫人も、エミリーが望むならどんなことでもかなえてやろうと一生懸命だった。けれどもそれは、経済的に苦しいことを世間に知られないうちに、一人娘を地位も財産もある紳士と結婚させようと目論んで、ご機嫌をとっていたにすぎない。

一家の主だったオトレー氏は、インド帰りの大富豪だった。といっても、香辛料貿易で成功したというのは表向きで、実際は中国にアヘンを密輸して大金を稼いでいた。ところがある日、所有していたケシ畑が東インド会社に接収され、破産寸前となってしまう。するとオトレー氏は詐欺まがいの事業をたちあげ、投資家たちから大金を集めはじめた。だがそんなことがいつまでもうまくいくはずがない。そこでオトレー夫婦は、美貌の娘を裕福な貴族に急いで嫁がせようと考えたのだ。オトレー氏が殺害され、その夢もいったんはついえたが、思いがけずエミリーがアンドリューと結婚することになり、夫人はもう娘をちやほやする必要はなくなったのだろう。いっぽうエミリーは、父親とは打算で結婚し、その後は平気で不倫をしていた母親を尊敬することはもはやできなくなっていた。

ベアトリスはオトレー夫人に尋ねた。

「あの、彼は邪魔な存在だったのですか？」

「なんですって？」オトレー夫人が眉をつりあげた。

「先ほどおっしゃいましたよね。邪魔者を消すときに、自分の家を殺害現場にするわけがないと。だからウィルソンさんは、あなたにとって邪魔者だったのかなって」

「あら、まあ！」夫人は怒るというより、おもしろがっているようだった。「わたしが彼を殺したと思っているのなら、まったくの的外れよ。あの人はね、一番つらいときに慰めてくれた男性なの。どんなに感謝していることか。他の人は誰ひとり支えになってくれなかったのに……」ちらりと娘の顔を見た。「ただね、まさかわたしと本気で結婚するつもりだったとは思わなかった。もちろんきっぱり断ったわよ。いくらインドでの仕事を全面的に任されていたとはいえ、結局は夫の使用人でしょ。それにエミリーが思いがけず侯爵家に嫁ぐことになって、わたしにも貴族との再婚のチャンスが生まれたんですもの。だから彼がわたしを殺したいと思っても不思議ではないけれど、わたしが彼を殺すわけがないわ」

ベアトリスは首をかしげた。そうだろうか。もし夫人が再婚のためにふたりの関係を終わらせようとして、ウィルソン氏が拒んだら？　それこそ〝邪魔者〟を排除すべく、朝の紅茶に毒を一滴たらしたとしてもちっともおかしくない。

「プロポーズを断られて、ウィルソンさんはどんなふうでしたか」

「もちろん、ひどくがっかりしていたわ。だけどきちんと理解してくれた。わたしみたいに魅力的な女性には、今回のチャンスを生かして華やかな人生を謳歌する権利があると」

エミリーが大きく鼻を鳴らしたが、夫人はそれを無視して話を続けた。

「チャールズはね、このわたしにふさわしい幸せをつかんでほしかったのよ。こちらに戻ってきてから――」

「いつのことですか？」ベアトリスが夫人の言葉をさえぎった。

「いつって何が？」夫人がぽかんとして尋ねた。

「彼がインドから戻ったのはいつですか？」

「三、四ヵ月前かしら」夫人は眉をひそめた。「大変な航海だったそうよ。かわいそうに、もともと海は大嫌いなのに。たしか十月の終わりごろね。彼は貯めた資金で田舎に農地を買って、のんびり暮らそうと考えていた。だけどそんな地味な暮らしでわたしが満足するわけがないとわかっていたわ。とても物わかりのいい人なの。オトレーが彼をインドに送ったときも、チャンスだと割り切って引き受けたのよ。オトレーの思惑なんてまったく知らずに」

ベアトリスは以前読んだ、ウィルソン氏がインドから夫人に送った手紙の内容を思い出した。灼熱の太陽のもとで働く苦しさを切々と訴えていたっけ。予想以上に厳しい生活にひとりで耐え、さぞつらかったことだろう。「オトレーさんの思惑というのは？」

「チャールズをわたしから引き離そうとしたのよ」

エミリーが息をのむと、夫人が言った。

「オトレーはわたしたちの関係を知っていたの。あの人の目は節穴じゃない。でもわたしは、それならそれでいい気味だと思ったわ。人が不倫をする理由の半分は、自分の夫や妻を苦しめるためなのよ」おどろくエミリーを見て笑った。「いやだわ、まるで禁欲主義者みたい。修道院で育てられたわけでもないのに」

母親の意地の悪いからかいに、エミリーは唇まで真っ青になった。ベアトリスもどちらかと言えば禁欲主義者の部類に入るが、こうした嘲笑にたじろぐほど若くはなかった。それに夫人は殺人事件の容疑者であり、今ここで道徳的に裁いたところで何も得るものはない。それまでと変わらず、淡々と質問を続けた。

「ウィルソンさんがインドに送られるまで、彼との関係はどれくらい続いていたのですか」

「一年よ」夫人は即座に答えた。「彼がオトレーの執事として雇われてすぐ、お互いに惹かれ合ったわ。しばらくは自制していたけど、彼のセクシーな魅力にどうしても抗えなくなって。そのうちふたりの関係に気づいた夫が、彼をインドに追いやったの。オトレーはとにかくいじましい人だった。どんなことでも損をしたと感じるのがいやなのね。自分だって何度も浮気をしていたくせに、妻の浮気は許せないなんて。ようするに器が小さい男なのよ」

前回の事件で、オトレー夫妻が冷え切った関係だったことは暴露されたが、そうだとしてもすでに亡くなった夫のことをここまで言うのか。エミリーはしくしくと泣きはじめた。たしかに、ミドルクラス以上の結婚は地位の格上げや資産を増やすための取引でもあり、オトレー夫妻のドライな関係はけっして特別なものではない。それを考えると、叔父夫婦の関係は悪くないほうなのかもしれない。互いを尊重し合っているのは見ていればわかる。どちらも姪っ子には、愛情表現をほとんどしないけれど。

「それでもウィルソンさんはチャンスだと思ってインドへ向かった。チャンスとはどういう意味ですか？」

「それはやっぱりお金でしょ。オトレーはインドで、イギリスにいたら一生かかっても不可能なほどの資産を築いた。それをチャールズは知っているから、自分も一旗揚げようと思ったんでしょう。そして実際、オトレーほどではないにしても、数千ポンドを手にしてロンドンに戻ってきたの」

あたかもボンベイ（現在のムンバイ）の港に着いたとたん、足元に札束が積んであったと言わんばかりだ。インドのことをお金が湧いてくる国だとでも思っているのか。実際はそんな簡単ではなかったはずだ。ウィルソン氏はかの地で、一年以上もアヘンの密輸に携わっていた、つまり〝あこぎ〟な商売をしていたのだ。敵のひとりやふたりは作ったにちがいない。

「ウィルソンさんがどうやってそれほどのお金を手にしたかご存じですか?」

「いやだ、やめてよ」夫人はあきれたように笑った。「お金の話なんて。そんなこと彼にはもちろん、オトレーにだって尋ねたことはないわ。請求書の支払いをしてくれるかぎり、わたしにはどうでもいいことだもの」

エミリーが笑った。「そうよね。この人はすてきなドレスさえ手に入れれば、どれほど汚いお金であろうと気にしないのよ」

夫人はすました顔で言った。「前にも言ったけど、オトレーがアンドリューさんみたいな立派な紳士をだましてお金をまきあげていたなんて、わたしはまったく知らなかったのよ」

「ええ。だましていた相手はよぼよぼのおじいさんだけだと思っていたんでしょ」

エミリーはまた鼻を鳴らした。「ベアトリスの前でいい人ぶっても無駄よ。お母さまの正体はすっかりばれているんだから」

オトレー夫人は肩をすくめた。反論するのもばからしいというようだ。

「とにかく、オトレーやチャールズのインドでの生活も交友関係もわたしは全然知らないの」

ベアトリスはうなずいた。たぶん本当だろう。贅沢三昧できればそれでいい、面倒なことはなるべく知らないでいたい、夫がどんな手段でその金を手に入れたかなど知る必要はないと。

「ウィルソンさんがインドから書き送った手紙がありますよね。仕事についても書かれていたでしょう。それを調べれば、彼を憎んでいた人物の名前が一つか二つ見つかるかもしれません」

「それは無理だわ。彼からの手紙は去年全部燃やしてしまったの。ほら、エミリーがわたしの部屋をあさって彼の手紙を見つけたでしょ？　だから取っておくのはもうまずいと思って」

「そんな言い方はないじゃない」エミリーが憤慨して言った。「破産寸前だというのに、何も問題はないと言い張るからいけないのよ。相談してくれたら、わたしだって新しいドレスや帽子を我慢するとかして協力できたのに。夫婦で詐欺まではたらいて情けないったら」

「わたしは関係ないわ」夫人はつんとあごを上げた。「全部オトレーがしたことよ。あの人が長年の友人にまで嘘をついて、詐欺をはたらいたの。あんなみっともないことをしなければ、今もまだ生きていたでしょうね。そしてあなたの怒りの矛先は、わたしでなく彼に向けられたはずだわ」

エミリーは唇をゆがめて笑い、ベアトリスは顔をしかめた。夫人がオトレー氏の詐欺行為を知らなかったとはとても思えない。だがこれ以上この話題をつっこんだところで時間の無駄だ。

「あの、いま直面している問題に話を戻しましょう」ベアトリスはオトレー夫人に尋ねた。「ウィルソンさんはロンドンに戻ってきてからどちらにいらしたんですか？どこかに部屋を借りていたのでしょうか」

「まあ、なんてことを訊くの！　もちろんアパートメントを借りていたわよ。このタウンハウスに住んでいたわけじゃないわ」

「その建物の名前はご存じですか？」

「当然よ」

夫人はその名前をなかなか教えようとしなかったが、結局は、ピカデリー近くにあるメルボルンというアパートメントだと明かした。

「二階とは聞いたけど、部屋番号までは知らないわ。でもチャールズはよく文句を言っていた。一日じゅう、階段を上り下りする足音がしてたまらないと」

二階の階段のすぐそばね。

「ウィルソンさんはロンドンに戻ってきてから、どんなお仕事をしていたんでしょう」

「さっきから言っているじゃないの。わたしは仕事の話には関わらないようにしているの」

「だったら仕事以外で、たとえば社交界でのご友人はご存じですか？」

夫人はさもおかしそうにクスクスと笑った。

「あのねえ、彼はむかし夫の執事だったのよ。それに農地を買って農場経営でもしようかと考えていたの。そんな人が社交界に友人なんているものですか。つぎはどこの紳士クラブのメンバーだったか訊くつもり？」

「お母さまったら。ベアトリスはなにも、彼がアルマックス・クラブの舞踏会で誰と踊ったかなんて訊いているわけじゃないでしょ。お母さまと会っていないときはロンドンで何をしていたか知りたいだけよ」

「そんなこと知るものですか。彼とはたまにしか会わなかったし」

見え透いた嘘にエミリーは思わずうめいたが、そのとき執事がお茶のトレイを持って現れ、それを夫人の前に置いてすぐに立ち去った。

「ご自分と会っていない間、彼が何をしているか気にはならなかったのですか」ベアトリスが尋ねた。

「いいえ。おかしいかしら?」夫人はティーポットに手を伸ばした。「さあ、お茶を一杯いかが。不安で落ち着かないとき、わたしはいつも熱いお茶を飲むことにしているの。今回は本当にとんでもない目に遭ったものだわ。でも実は大騒ぎすることじゃないのよ。エミリーやアンドリューさんは、これは殺人事件だ、毒殺されたんだと言い張っているけれど、たぶんチャールズは胆石のせいであんなふうに苦しんで亡くなったのだと思う。つてをたどれば、解剖用の遺体が必要な医療機関に彼の遺体を処分してもらう手配ができるはずよ。わたしはこれぐらいの問題なら何度も乗り越えてきたけれど、エミリーはこういうとき、冷静に対処できないのね。少し甘やかしすぎたかしら。家計が苦しいことを黙っていたのも彼女のためだったのに、あんなふうに目くじらを立てて怒るくらいですもの。世の中は欺瞞に満ちている、つねに危険と隣り合わせだということを知らないのよ。この先が心配だわ。アンドリューさんにしたって、同じように甘やかされて育ってきたでしょうから。そんなふたりが厳しい社会で果たして無事に生きていけるのかどうか」

「ウィルソンさんの過去についてお訊きしたいんですけど」ベアトリスは夫人の愚痴をさえぎって尋ねた。「オトレーさんの執事になる前、どんなお仕事をされていたんですか」

夫人は目をぱちくりさせた。

「そんなこと聞いたこともないし、考えたこともないわ。たぶんどこかで執事をしていたんじゃないかしら。オトレーが紹介状のない人を雇うはずはないから。そういえば、ヨークシャーのどこだかのお屋敷にいた話を聞かされたことがあったわ。父親のあとを継いだとか。でも、よく覚えていないわ。彼とはあまり話をする時間がなくて。会ったときにはほら、他のことで忙しくて。あの人は本当に楽しませてくれたの。亡くなって残念だわ」

「お母さま！」エミリーが叫んだ。

「いやあね。清く正しい清教徒みたい」夫人はげんなりした顔で言った。

ベアトリスもやはりエミリーと同様、夫人がウィルソン氏とつきあっていたのは彼の身体が目当てだったと知って、気分が悪くなった。だが事件の調査には関係のないことだ。

「では今朝のことですが。どうしてウィルソンさんの様子がおかしいとわかったのですか？」

「叫び声が聞こえたのよ」夫人は娘にティーカップを渡しながら言った。

「えっ、では同じ部屋にいたわけじゃないんですか？」

「ちがうわ。わたしはいつもどおり、八時ちょっと前に起きたの。それから居間でゆっくりお茶を飲んでいたのよ。彼はいつも遅くまで寝ているから起こさないように。長いこと使用人の立場だったから、自分の思いどおりの時間に起きられる幸せを味わっていたんだと思う。でも一時間ほどして、とつぜん彼の叫び声が聞こえて、わたしを呼んだのかと思ってあわてて寝室に向かったの。彼が泊まったのをエミリーに知られたら困るから。だけど入ったとたん、彼がものすごい痛みに苦しんでいるとわかったわ。ベッドの上で身体をよじって、そのあとぴくぴくと震えて背中を大きく反らしたの。まるでエビみたいだった。人間の身体があんな角度に曲がるなんて」

夫人が淡々と話すので、ベアトリスはあっけにとられていた。聞いているだけで、恐ろしさに耳をふさぎたくなるのに。

「とにかくまったく休みなく叫んでいたわ。金切り声というのかしら」その光景を思い出したのか、だんだんと熱を帯びてきた。「まるで遊園地の乗り物にでも乗っているみたい。どんなになだめても叫び続けて、いいえ、そもそもわたしがそばにいるのもわからないようだった。だから当然エミリーも気づいて、何事かと部屋に飛びこんできたの。そしてすぐにふたりの関係をなじりはじめた。目の前にもがき苦しんでいるチャールズがいるのに、そんな些細な事で文句を言うなんて、薄情にもほどがあるわよね。ただその直後に彼の痙攣が止まってぐったりしたの。ようやく静かになった、胆石が流れたのだろうとホッとしたわ。それなのにエミリーは、彼は死んでいると言ったの」

薄情と言われても沈黙を守っていたエミリーが話しはじめた。

「だいたいは母の話したとおりよ。彼の発作がおさまったとき、わたしも一度は落ち着いたと思ったの。でもそうじゃない、死んでしまったと気づいたのよ。それなのに母は、そんなはずはない、なぜそんな意地悪を言うのかと怒りだして。だから執事のフィルモアを呼んで確かめてもらったの」

「そうなの。ちょっと恥ずかしかったけど、非常事態だから。でも本当に死んでいるとわかって気を失うかと思ったわ。エミリーはわたしを苦しめようとして嘘をついたのだとばかり」

「誰が見てもわかることで嘘をついてもしかたがないじゃない。お母さまはどうかしているわ」

「なによ。あんなにきっぱり言うのはおかしかったわ。もしかしたらあなたが殺したんじゃないの」

ベアトリスは唖然とした。いくらなんでも、実の娘を殺人犯呼ばわりするなんて。

だがエミリーは冷静に返した。「わたしはふたりがまだ関係を続けていることを知らなかったのよ。だから彼を殺す動機がないわ。もちろん、彼が昨夜ここに泊まったことも知らなかった。だから彼を殺す機会もない。お願いだからお母さま、もうそんなばかげたことは二度と言わないで」ベアトリスに向き直った。「ベア、よければ母の寝室に案内するから、現場をあなたの目で調べてちょうだい」

ベアトリスはうなずいた。残念だが、夫人からはたいした情報は聞き出せなかった。だから次の段階に、現場の確認に進んだほうがいい。

夫人に礼を言ったあと、エミリーについて居間を出た。そのとたんエミリーは廊下の壁にもたれ、目を閉じてため息をついた。

「口喧嘩がひどくておどろいたでしょう。恥ずかしいところをお見せして申し訳ないわ」母親の前では気を張っていたようだが、一気に疲れが出たようだ。「レイクビュー・ホールから戻ってきて以来、ずっとこんな感じなの。でもどうしようもない。両親がどちらも品性のかけらもない人間だと知ってしまったんですもの。ただお母さまがわたしに憤慨する理由がわからないの。たしかにわたしはずっと甘やかされてきたけれど、それを望んだわけじゃない。わたしの美貌を利用して富と地位を手に入れようと思ったから甘やかしたんでしょう。それなのになぜ今になってあんなふうにつっかかってくるのかわからないわ」

「お父さまが亡くなった悲しみから立ち直れていないのかも。罪悪感も少しはあるでしょうし」ベアトリスは、どちらも人の感情を破壊するものだと知っていた。

エミリーは肩をすくめた。「そうかもしれないわね。アンドリューは、お母さまはわたしに嫉妬しているんだと言っていたけど」

なるほど、嫉妬もやはり感情を破壊する。ふと、叔母さんと自分との関係のほうがはるかにましだと感じた。叔母さんは時々ひどいことを言うけれど、それはただその場の感情に任せて言っているだけで、わざと意地悪をしたいわけではない。いっぽうオトレー夫人は、実の娘に対して本気で恨んでいるようにも見える。どうしてだろう。エミリーがアンドリューと結婚すれば、オトレー家の富や名誉は回復し、結果的にはオトレー夫人の望みもかなえられるというのに。

「でもアンドリューは」エミリーが続けた。「お母さまが嫉妬しているのは、このわたしの比類なき美貌にではなく、若さに対してだと言うの。わたしの人生はまだ始まったばかり、なのにお母さまの人生はもう終わりに近づいているからだと。まあ、どちらでもかまわないけれど。アンドリューと結婚すれば、ようやくお母さまから自由になれるんですもの」

エミリーは最後に会ったときからおどろくほど変わっていた。それでもなお、自己肯定感が途方もなく高いことに、ベアトリスは安心した。五ヵ月前は、あまりにも虚栄心が強いせいで彼女はいつか破滅するだろうと思ったが、今はそれが救いになっているようだ。オトレー夫人が娘に冷たくあたる理由として、アンドリューの推測はそうはずれてはいないのだろう。これまでの人生で自分が決断してきたさまざまなことを後悔し、その決断の責任を、それとは関係のない人間に負わせたいだけなのだ。

ベアトリスはアンドリューのことを思い出して言った。

「婚約されたんですってね。おどろいたわ。でもおめでとう」

エミリーは苦笑いを浮かべ、ベアトリスをうながして階段に向かった。

「ハウスパーティで一緒に庭園を散策していたとき、わたしが言ったことを覚えてる？　両親の勧めるアンドリューなんか相手にしていない、もっと爵位が高く、人格もすぐれた貴族を狙っていると。本当に恥ずかしいわ。笑ってくれていいのよ」

「そんな。あなたは自分に厳しすぎるわ」

「いいえ、ひどく思いあがった、鼻持ちならない女だった。あなたが侯爵家の居間で、我が家の恐ろしい秘密を暴露しなければ、きっと今でもいやな女のままだったわ。当然のように享受していた贅沢な暮らし――それが父の悪事のおかげだったと知って、どれほど惨めで情けなく感じたことか。アンドリューとの婚約は、誰よりも自分がおどろいているの。でも彼は思いやりがあって、人間としても信頼できる人よ。ハウスパーティのときは未熟で頼りないと思ったけど、彼に興味がなかったから気づかなかったのかもしれないわ」

「いいえ、あのとき彼はたしかに未熟者だったわ」ベアトリスは正直に言った。「だけどあの居間での暴露をきっかけにして、すごく成長したんでしょう。あなたと同じように。だからわたし、おふたりの婚約を心から喜んでいるの。どうぞしあわせになってね」

エミリーは階段を上りながら、ベアトリスの腕に自分の腕をからませた。

「本当にいい人ね。わたしなんてそんなふうに言われる資格はないのに。だってほら、わたしがゲストのみんなにあなたの秘密をばらしてしまったこと、恨んでいるでしょう？　悪気がなかったと思っている？　いいえ。実はね、あなたみたいにハイミスの地味な女性が、身分の低い法律事務所の職員と愛し合ったことがおもしろいと思ったからなの」思い出したのか、彼女は身震いした。「アンドリューは、わたしたちの両親はどちらもモンスターだと言うけれど、わたしもやっぱりその血をひいているのかしら」

ベアトリスは、自分は意地悪には長年きたえられていて、きついことを言われてもショックは受けないと思っていた。だがこの告白にはびっくりして、危うく階段を踏み外しそうになった。まさかエミリーが、あの作り話をわざとばらしたとは。ロマンスに飢えた行き遅れの地味な女が、なりふり構わず身分違いの事務員に熱をあげた——たしかに愉快な話題かもしれない。

当然ケスグレイブ公爵もその話を聞いたはずだ。けれども彼は、それが滑稽な話として披露されたのはわかったが、作り話だと気づくぐらいのセンスはあった。そのことを知ったのは数週間前のことだが、あのときの屈辱はいまでもまざまざと思い出す。

またも自己憐憫(れんびん)に陥るのを恐れ、ベアトリスは背筋を伸ばした。いま彼女は殺人事件を調査していて、それはまさにケスグレイブ公爵が彼女に禁じたことだ。けれども、彼がいくらイギリスで最もハンサムで、あらゆる女性の憧れだとしても、彼女の行動に口を出す権利はない。それに彼女は、犯人捜しという〝知恵比べ〟では、すでに彼を負かしているのだ。

とはいえ、公爵のほうは〝知恵比べ〟をしているとは思ってもいない。自分が一方的に彼をライバル視しているだけで、そう思うといっそう惨めになるだけだった。

ベアトリスの沈黙が続き、エミリーはようやく自分の告白は失敗だったと気づいた。どうやら、彼女はモンスターなんかじゃないときっぱり言ってもらえると期待していたらしい。階段を上りきったところで、エミリーは泣きだしそうな顔でベアトリスに謝った。

「本当にごめんなさい。わたしも母と同じようにどす黒いモンスターだと責められてもしかたがないわ。だけど信じて。今はもうちがうの」そう懇願しながら、オトレー夫人の寝室のドアを開けた。まずは、四柱式のマホガニー製の大きなベッドが目に入った。そしてその上を覆っているダマスク織の黄色い上掛けの真ん中に、ウィルソン氏の遺体がだらりと横たわっていた。

5

ベアトリスは、ウィルソン氏の蠟のように青白い顔を見ながら、自分のお気楽さに愕然とした。アンドリューに請われてメイフェアのタウンハウスに来たのはいいけれど、まったく面識のない男性の死体を自分ひとりで調べようですって？

なぜこんなことになってしまったのだろう。

もちろん、ケスグレイブ公爵のせいだ。今後いっさい殺人事件には関わるなと、彼に言われたからだ。何の権利があってそんなことを言うのだだと、頭にきたせいだ。彼は親でもないし、夫でもないし、それどころか友人ですらない。ただ単に、わたしが事件を調べているのが気になってしかたがない人間で、しかもその理由が自分でもわからないという。だからつい、彼の期待に応えよう……じゃなくって、鼻を明かしてやろうとはりきってしまったのだ。

んもう、ばかじゃないの！

ベアトリスは、ベッドの端から力なくぶらさがるウィルソン氏の脚を見つめた。

そうよ、そうよ。全部公爵のせいよ！

心のなかで叫びながらも、実際は自分が身勝手でむちゃくちゃなことを言っているのはわかっていた。オトレー夫人の寝室までのこのこやってきたのは、彼の言いなりになるものかと意固地になったせいではない。

自分が思い上がっていたせいだ。

オトレー氏の殺害犯を見つけたことで、自分は賢いと思いこんでしまった。さらにファゼリー卿の事件を解決したことで、自分には、謎めいた死の真相を見抜く特別な才能があると考えるようになった。

外出を禁じられ、ひとりで考える時間がありすぎたせいかもしれない。なにしろ一ヵ月近くも軟禁生活を送っていたのだ。暇をもてあまし、過去の栄光をつい思い出して、二つの事件を解決した自分の能力を過大評価してしまった。これでは自分の美しさに酔うエミリーと何も変わらないではないか。

その結果、気が動転しているアンドリューとエミリーに、自分ならなんとかしてやれると思いこませてしまった。たいした経験もないくせに、きっと解決してあげると。それなのに今、ウィルソン氏の死体を前にして、どうしたらいいものかと途方に暮れている。

こうなったら、事件の調査を断るしかない。

ベアトリスは背筋を伸ばし、コホンと咳払いをしてから口を開いた。

「今さら申し訳ないのだけど――」

だがエミリーは聞いていなかった。ウィルソン氏の死体をこわごわ見つめながらつぶやいている。

「初めに見たときよりずっとひどいわ。あのときだってぞっとするほど異様だったけど、時間が経ったせいかしら。亡くなってから六時間くらい経つもの」震えながらベアトリスの手をつかみ、かたく握りしめた。「来てくれて本当に感謝しているわ。アンドリューがあなたに相談しよう、きっと助けてくれると言ったとき、どれほど安心したことか。母が言っていたように、父が詐欺をはたらいて殺されたという噂はロンドンじゅうに知れわたっているから、我が家にはさらなるスキャンダルはもう絶対に許されないの。それなのに、母のベッドで男性が亡くなっただなんて。

アンドリューはこれから侯爵家を背負っていくのに、彼までこんなスキャンダルに巻き込むわけにいかないわ」

ベアトリスは青くなった。どうしよう。でも何と言われたって、自分には無理だと断ったほうがいい。そうすれば、ふたりはまた別の方法を考えるはずだ。

けれども、なかなか言葉が出てこなかった。ふたりをがっかりさせたくないのはもちろんだが、彼女だけが頼みの綱だとでもいうようなエミリーのまなざしを見ていると、うれしくて天にも昇る心地だったのだ。なにしろこれまでは、家族のためにどうでもいい使い走りをさせられ、それが当たり前だとされてきたのだから。頼みの綱。唯一の希望。誰かにすがられる存在。そういう人間になりたいとずっと思ってきた。そういえば、以前にもこんな気持ちになったことがあった。ファゼリー卿の事件の調査中、大胆で勇気があると公爵にほのめかされたあのとき。ついうれしくなって、彼の期待に何が何でも応えたいと思ったっけ。

まあ、おだてれば何でもする単純な人間だと思われているような気もするけれど。でも夢にまで見たこんなチャンスを逃すわけにはいかない。挑戦して何か失うものがあるだろうか。とりあえず調査をしてたいした進展がなかったとしても、今より悪い状況になるわけではない。その結果、解決するのは無理だと伝えたら、アンドリューたちも警察に捜査を依頼する決心がつくのではないか。ミス・ハイドクレアでも無理ならばしかたがないと。ベアトリスは苦笑いした。ついさっきまで相談を引き受けたことを後悔していたのに。

死体に近づこうとしたとき、エミリーが戸口に立ったまま軽く咳払いをした。

「あの、アンドリューが弁護士事務所から戻るまで自分の部屋に戻っていていいかしら。母と顔を合わせたくないので」

ベアトリスはうなずき、エミリーが廊下を走っていくのを見送った。それからベッドの足元で立ち止まったが、その瞬間、すがすがしいほどの解放感を覚えた。過去の二つの事件では、死体を堂々と調べる機会はなかった。オトレー氏のときは、繊細な女性が見るようなものではないと公爵が言い張り、彼女に見せまいとして立ちはだかった。そのため、気分が悪くて歩けないなどと下手な芝居をして、死体を見るチャンスをうかがったのだ。またファゼリー卿の場合は、足元からほんの十センチほどのところに彼が倒れてきたのに、ちらりと見ることしかできなかった。〈デイリー・ガゼット〉の記者たちに囲まれ、とにかく急いでその場を逃げ出さなければいけなかったからだ。

だが今回は、死体をじっくりと観察し、犯人を見つける手がかりを時間をかけて探すことができる。ベアトリスは興奮して身体が熱くなるほどだった。と同時に、恐怖も感じていた。目を凝らして見つめるのは、目の端でちらりと見るのとは全然ちがう。自分の手にはあまるのではないか。いや、手をこまねいていても何も得られない。

ベアトリスは迷いを捨て、今やるべきことに立ち向かうことにした。

ウィルソン氏の死体は、ぴくりともせずに横たわっている。亡くなる前は七転八倒していたと聞いたのに。だが脚が不格好にねじれた姿は、安らかに眠っているとはとても思えない。

何よりおどろいたのは、あたりに〝体液〟と呼ばれるものがいっさいないことだった。寝間着やシーツに、嘔吐物も排泄物もついていない。

毒殺されたと決まったわけではないが、少なくともヒ素を盛られたのではないようだ。マイケル・ホーンの著作『教皇アレクサンデル六世の生涯』によると、怪物と言われたこの教皇は、息子のチェーザレ・ボルジアと共に、枢機卿を何人もヒ素で殺害して私腹を肥やしたという。ヒ素は食中毒によく似た症状を発症し、みな一様に嘔吐するという。

つぎにヘムロックが思い浮かんだが、ウィルソン氏は激しいひきつけを起こしたというから除外できるだろう。ソクラテスの死因とされているこの毒を飲むと、身体がだんだんしびれていき、しまいには立っていられなくなって静かに亡くなるという。

ではトリカブトは？　ローマ皇帝クラウディウスの妻アグリッピナが、夫の皿の上のキノコにふりかけて殺したという毒。古代ローマの政治家セネカの著作のなかで、クラウディウスが嘔吐や下痢で苦しみながら、「余は穢(けが)れてしまった」と言う場面があった。となると、やはりトリカブトもちがう。

他に思いつくのはベラドンナ。古くから毒殺に使われ、広く知られている。中世には、配偶者を始末する手段として人気だったそうだ。ベアトリスは目を閉じ、ベラドンナによる症状を思い出そうとした。ジョージ・ブキャナンの『スコットランドの歴史』のなかで、ダンカン一世が停戦をよそおい、ワインにベラドンナの汁を混ぜて敵軍に贈ったとあった。兵士たちは身体が動かなくなり、武器を取ることもできずにそのまま亡くなったというが、痙攣については書かれていなかった。

歴史書はずいぶん読んだつもりだが、このままでは選択肢がどんどんなくなっていく。そうだ、プルシアンブルーというきれいな青の顔料を使った毒はなかっただろうか。

たしか青酸だったか。そう、それだ。スウェーデンの化学者カール・ヴィルヘルム・シェーレの伝記に、彼がこの猛毒を生み出したとあった。青酸に痙攣の症状が見られるかはわからないが、亡くなった人の口からビターアーモンドのにおいがするというのは有名な話だ。

ベアトリスは慎重に、というよりもおそるおそるかがみこんで、ウィルソン氏の顔に近づいた。アーモンドのにおいも、何かの腐ったようなにおいもしない。それどころか、レモンやベルガモットにミントやオレンジブロッサムの混じったにおいがする。おどろいた。ホーレス叔父さんと同じにおいだわ。ということは……。

サイドテーブルに目をやり、つぎにウィルソン氏の寝間着のポケットをさぐると、美しい嗅ぎたばこ入れを取り出した。思ったとおり、ホーレス叔父さんのお気に入りの嗅ぎたばこ〈ペンウォーサム卿〉の香りがほのかに漂ってくる。おどろくことではない。少し鼻につくものの、甘い花の香りとぴりっとしたハーブの香りの組み合わせは人気なのだろう。ただウィルソン氏の好きな銘柄がわかったところで意味はなさそうだ。

ベアトリスはエナメルの嗅ぎたばこ入れを寝間着のポケットに戻し、もう一度頭のなかの引き出しをさぐった。歴史の本から仕入れた知識では、あとはクレオパトラが自殺した毒ぐらいしかない。だがここメイフェアに、エジプトコブラが運び込まれたとは考えにくい。

もしかして毒殺ではないのだろうか。オトレー夫人が言い張っていたとおり、病死だったのかもしれない。ただ胆石は悶絶するほどの痛みではないから、たとえば脳卒中の発作だったとか。ウィルソン氏は四十代の半ば。その可能性もなくはない。

いいえ、確実に断定できるものでなければ。

よく観察しようとウィルソン氏の顔にさらに近づくと、思い描いていた人物とは全然ちがうと気づいた。以前エミリーは、彼の左の頬に大きなイボがあると言っていたが、そんなものはどこにもない。代わりに、唇や顎の周りに唾液の乾いたあとが残っている。

ベアトリスは新たな手がかりを見つけてうれしくなった。狂犬病にかかった犬みたいに、彼はきっと口から泡を吹き出したのだ。

泡を吹き出す？　頭のなかでカチリと音がした。記憶はおぼろげだが、どこかで読んだことがある。何の本だったか……。

立ち上がって目を閉じ、集中力を高めた。植物に関するページの真ん中あたりだ。短い幹は曲がっていて、葉がこんもりと茂り、丸い果実がたわわに実った木。

あの本だわ！『不思議の国インドに魅せられて』。オトレー氏の事件を調べていたとき、インドのことを知るために読んだ本だ。

題名がわかると、読んだ内容がするすると思い出された。著者のバーロー夫人は、先住民の薬を紹介する章で、ストリクノス・ヌクス・ヴォミカという木について触れていた。樹皮と種は致命的な毒をふくむが、下痢の治療薬となるクルカイとよく間違えられる。それを悪用し、クルカイを投与する際にヌクス・ヴォミカを混ぜて毒殺する事例が少なくなかったという。その場合、痙攣したり口から泡を吹くなど、同じような症状を起こす破傷風によるものとして処理されたそうだ。毒殺の疑いはあっても証拠はなく、逮捕には至らないとも書かれていた。

ウィルソン氏の死因がヌクス・ヴォミカである可能性は高い。

つぎに容疑者を絞り込むことにした。オトレー夫人は彼の友人について何も知らないようだが、ウィルソン氏が敵を作るとしたら、ロンドンよりもインド時代ではないだろうか。監督していたケシ畑が接収された際、東インド会社の幹部を怒らせたのかもしれない。もちろんそれ以前に敵を作っていた可能性もある。なにしろ悪名高いアヘンの密輸業者なのだ。同業者を踏みつけにしたり、取引先との契約を反故にしたり。それともアヘンとは関係なく恨みをかったとか。地元の名士、大物の妻や娘を誘惑したのかもしれない。なんといっても雇い主の妻と関係した人物なのだから。

そうなると、犯人は彼を追ってはるばるロンドンまで来たのだろうか。

いや、いくら復讐のためとはいえお金も労力もかかりすぎる。

おそらく犯人はロンドンでウィルソン氏とばったり出会い、ここで会ったが百年目とばかりに鉄槌を下したのだろう。

とはいえ状況を考えれば計画的な殺人だから、ふたりが偶然出会ったのは二、三週間ほど前だろうか。ああ、残念だ。オトレー夫人が彼の日々の行動を詳しく知っていれば。

いや、先走る必要はない。今はまず、大事な手がかりを見逃さないように死体をしっかり観察することだ。

以前エミリーに聞いたのとはちがい、ウィルソン氏は〝デブ〟ではなかった。肩幅は広く、腕の筋肉は盛り上がり、たくましいと言うほうが正しい。

彼の手に触れてみるとひんやりしており、ベアトリスは身震いした。死体になるとこんなにも早く熱を失うとは知らなかった。その冷たい手はごつごつしていた。手紙にも書かれていたように、インドでは農作業もしていたのだろう。

ベアトリスは死体から離れ、部屋全体を見回した。バーロー夫人によれば、ヌクス・ヴォミカは体内に入ると三十分ほどで効き目が表れるという。

オトレー夫人が語った今朝の出来事を思い返してみた。夫人は八時に起きると居間に向かい、いつものようにゆっくり紅茶を飲んでいた。ウィルソン氏の叫び声が聞こえたのは一時間後の九時ごろ。部屋に飛び込んだときにはすでに激しく痙攣しており、エミリーが駆けつけてまもなく息を引き取った。毒が効いてくるまで三十分とすれば、摂取したのは八時半ごろ。朝に飲む紅茶かコーヒーに毒を盛られたと考えるのが自然だ。

けれどもティーカップはベッドの近くはおろか、部屋のどこにも見当たらない。タンスや鏡台は壁にぴったりくっつけてあり、その裏にカップが落ちているとは思えない。この部屋にある何かによって殺されたのは間違いないのだが。

もしや、すでに部屋から持ち去られたとか？

ベアトリスは居間に向かった。寝室とは扉一つで隔てられ、広くはないがとても居心地がよさそうで、ピスタチオ色の壁紙に淡い黄色のカーテンがエレガントだ。だがやはり、ここにもティーカップは見当たらない。メイドが片づけたのだろうか。

厨房に行って使用人たちに話を聞くため、エミリーに許可を取りに行った。ウィルソン氏の悲鳴で使用人たちも集まってきたというから、今朝の事件は彼らも知っているだろう。だが何といっても殺人事件だ。雇い主の許可を得ずに聞き込みをするのはマナー違反だろう。

「もちろんいいわ。誰にでも訊いて」エミリーはうなずいた。「みんな噂話が大好きだもの。厨房はこの話でもちきりでしょう。それにこの件が解決したら、あの恐ろしい死体をこの家から追い出せるもの。地下のワインセラーに運ぶことになったら、気持ち悪くて今夜は眠れそうもないわ。母も言っていたけど、死体は医療機関にひきとってもらおうと思っているの。ただアンドリューは、ウィルソンさんの親族に連絡すべきだと言って、今日はその件で弁護士に相談に行ったの。それが正しいのはわかってるけど、でも雇い主の妻と不倫して、暴露されたあとも娘に隠れて関係を続けていたひどい男でしょ。だからこちらで勝手に処理してもいいと思うのだけど」

ベアトリスはどちらに賛成だとも言えず、なるほどとうなずきながらエミリーに尋ねた。

「この部屋に駆けつけたとき、ベッドの周りにティーポットやトレイはなかったかしら」

エミリーはしばらく考えてから答えた。

「ごめんなさい。ふだんなら気がつくと思うけど、気が動転していたから。覚えているのは、寝間着からだらんと下がったむきだしの脚と、母の開き直った表情だけね。父があんな死に方をして、少しでも慰めを得ようとしたのが何か悪いのかとでも言うような。そりゃあ父が死んだあとだけなら文句は言わないわよ。だけど生きている間も、その慰めをあの男に求めていたんじゃないの！」

これほどの怒りを鎮められるのはアンドリューしかいない。ベアトリスは適当にうなずいてから厨房に向かった。

以前オトレー氏の事件を調べる際、厨房での聞き込みが失敗に終わったので、階段を下りながらとても不安だった。ドアを開けると、四人の使用人がテーブルを囲んでいた。そのひとりは付き添いで連れてきたメイド、アニーだ。彼女はおそらく、ここの使用人たちから今朝の恐ろしい出来事をいろいろと耳にしているにちがいない。そうした話を、ハイドクレア家のメイド仲間に黙っていてくれるだろうか。前回ファゼリー卿の事件の聞き込みに同行させたときは、さりげなく頼んだとおり秘密にしておいてくれたが。

ベアトリスが厨房に入ったとたん、使用人たちは会話をぴたりと止めた。そのうしろめたそうな様子にベアトリスは不快感を覚えたが、平静さを保って彼らに近づいた。

「ちょっといいかしら」ひとりひとりの目を見つめながら声をかけた。舞踏会でまったく相手にされなかった彼女は、自分は透明人間だと感じることが多く、誰かに存在を認めてもらえるとすごくうれしかったからだ。

「ウィルソンさんの件でいくつか質問させてほしいの」

メイド長のピートリー夫人は不審そうに見返してきたものの、嘲笑することはなかった。「もちろんでございます、お嬢さま」

「みなさんも知ってのとおり、ウィルソンさんはとつぜん体調が悪くなって亡くなられました」

するとピートリー夫人がいきなりかみついた。

「あの、ここで作った料理のせいではありませんよ。わたしたちはいいかげんな仕事はしていませんから」

他の使用人たちも一斉にうなずき、あごが煤で汚れた黒髪のメイドが怒った顔で言った。

「そうですよ。腐った食べ物なんて絶対にお出ししていません」

この人たちを責めにきたと思われたの？　ベアトリスは思いがけない誤解を招いたことにびっくりし、頬を赤らめた。

「ごめんなさい。そんなつもりで話を聞きにきたんじゃないの。ウィルソンさんがなぜ——」そこで言いよどんだ。殺されたと証明できるまでは、不用意に殺人だと口にしてはいけない。「わたしはただ、ウィルソンさんの朝の習慣を知りたかっただけなの。毎朝紅茶かコーヒーを飲んでいらしたのかしら」

「いいえ」ピートリー夫人が言った。「ウィルソンさまが泊まったときも、おふたりの関係をお嬢さまに知られないよう、奥さまは必ず泊まっていないとおっしゃいます。ですから、翌朝ウィルソンさまに飲み物やお食事をおもちすることはありません。リディアがトレイを二つ運ぶのをお嬢さまに見られたらいけませんから、同じティーカップで飲んでいらしたようです」そう言って黒髪のメイドのほうを向いた。彼女がリディアなのだろう。

「同じティーカップで？」ベアトリスは訊き返した。ふたりが思った以上に深い仲だと知ったからなのか、関係を隠すためにそこまでするのかとおどろいたせいなのかは自分でもわからなかった。けれども毒殺説が少し危うくなったことはたしかだ。同じティーカップから紅茶を飲んだオトレー夫人がぴんぴんしているのだから。もちろん他の経路で毒を盛られた可能性もあるが。

「さっき見たときにはどこにもトレイはなかったわ。下げたあとだったのかしら」

「はい。わたしがお下げしました」リディアが言った。「ウィルソンさんが大暴れしていらっしゃるときに」

ベアトリスは口をぽかんと開けた。なんとまあ仕事に忠実な。今にも死にそうな人がいるそのすぐ横で、朝食のトレイを下げたなんて。

「よく落ち着いていられたものね。感心するわ」

「いいえ。落ち着いていたのは奥さまです。お嬢さまに気づかれないうちに早く下げなさいとおっしゃられて」

「でもティーカップは一つだけだったのよね?」ベアトリスは矛盾に気づいて指摘した。

「いいえ、ティーポットが問題だったのです」ピートリー夫人が口をはさんだ。「お嬢さまにチョコレートが入っているティーポットを見られるのを心配していました。お嬢さまにはチョコレートは高価だからしばらく飲めないと言いながら、ご自分は毎朝飲んでいたので、急いで片づけるように命じられたのです」

ベアトリスはあきれてものが言えなかった。しかも恋人の恐ろしい死にざまを目の当たりにしながら、自分の立場がまずくなると気づいて対策をとろうとした、つまり動揺していなかったということだ。

ピートリー夫人がとげのある声で言った。「家じゅうの者が駆けつけたとき、お嬢さまは奥さまをののしり続け、その間も気の毒なウィルソンさんは痛みで悲鳴をあげていました。まるで哀れな子羊みたいでしたよ。それなのに奥さまはリディアに顔を寄せ、お嬢さまが気づかないうちにトレイを下げるようにと命じたんです」

リディアも首がちぎれんばかりにうなずいた。「そりゃもう、落ち着き払って。ウィルソンさんが苦しんでいるのなんてまったく心配されていませんでした」

「胆石があるんだっておっしゃっていましたね」ピートリー夫人が付け加えた。「だから石が流れればすぐに痛みはおさまるだろうと」

夫人はたしかに恋人の非業の死を悲しむよりも、そのせいで面倒なことになったと腹を立てているようだった。あの冷淡さはいったいどこから来ているのだろう。今のところ、夫人の話がどこまで正しいかを確かめる術はない。ウィルソン氏が朝九時より早く起きて、毒入りのチョコレートを飲んだ可能性も捨てきれない。夫人が恋人にカップを渡す前にヌクス・ヴォミカを入れるのは簡単だっただろう。

「そのチョコレートは今どこにありますか？」ベアトリスは尋ねた。まだキッチンにそのまま残っていれば、ネズミにでも与えて毒が入っているか確かめられる。

「とっくに捨てましたよ」ピートリー夫人が言った。「リディアが下げてきて、すぐにポットもカップも洗いました。メイドたちには厳しくしています。朝食の食器を夕方まで放っておくなんてことは許しません」

ベアトリスはがっかりしつつも、一応自分の目で確認しようかと思ったが、その場にいる全員が、アニーまでもがうなずいたので、やはり無駄なことだとあきらめた。

それからふと、エミリーの言葉を思い出した。ウィルソン氏がこの家にいることすら知らなかったのだから、自分が彼を殺すはずはないと。

「エミリーさんは本当にお母さまとウィルソンさんの関係が続いていることを知らなかったのかしら」

「はい、まったくご存じなかったはずです」ピートリー夫人が言った。

リディアもうなずいた。「お嬢さまは感情がすぐ表に出る方なんです。もし気づいたら、その瞬間に家をゆるがすほどの悲鳴を上げたはずです」

なるほど。説得力のある意見にベアトリスもうなずき、少なくとも容疑者のひとりは除外できたことにホッとした。それからオトレー夫人の部屋に戻り、毒を入れておけそうな瓶や缶の中身を一つ残らず調べてみた。インドに行ったこともない夫人が、わざわざ遠い異国の毒を選ぶだろうか。アヘンチンキなら、イギリスで簡単に手に入る。だが彼女は何度も嘘をついてきたし、ウィルソン氏の死後に彼女がとった行動は、証拠を改ざんするようなことばかりだ。

やはり夫人が使っている部屋はどこも徹底的に調べる必要がある。まずはクローゼットに向かい、ポケットの中身もすべて確認し、引き出しの奥まで目を光らせた。つぎに書き物机やサイドテーブルを、そして最後にカーテンをなで、小さなポケットが縫い付けられていないかまで調べた。居間も同じように隅々まで調べたが、どこもうっすらとほこりがたまっていて、ピートリー夫人がメイドたちを厳しく監視しているのは厨房限定だとわかっただけだった。ウィルソン氏からの手紙も一通も見つからなかったから、先ほど聞いたとおり全部燃やしたのだろう。

ベアトリスはドレスの前で手の汚れをはらいながら考えた。掃除が行き届いていないのは使用人を減らしたからだろうか。オトレー氏の死後、一家の財政状況はさすがに厳しくなっているはずだ。以前オトレー氏の日記をこっそり読み、彼が詐欺によって得た資金を鉱山会社の株につぎこんでいたのは知っている。殺される直前も買い増しを依頼していたから、かなりの優良株で、夫人は一部を売却したのかもしれない。ロンドンのタウンハウスをまだ所有している、ということは借金を返済するために売り払っていないわけだから、そこまで家計は苦しくないのだろうか。

ベアトリスは階段を下りながら、もう少し夫人に質問をしようと考えたが、そのとき大時計が六時を告げる音が聞こえ、真っ青になった。こんなに遅い時間になっていたとは。

ヴェラ叔母さんが知ったら、ひどいマナー違反だと非難するだろう。そしてこれ幸いと、社交界に復帰するのはまだ早いと言い張るにちがいない。

アンドリューを探し出し、家まで馬車を出してもらうように頼もうと決めた。叔母さんが何と言おうと、今夜のペンバートン家の舞踏会には出席しなければ。いや、必ず出席する。この三週間、ケスグレイブ公爵の姿をちらりとも見ないで過ごしてきたが、さすがに限界だった。ほんの一瞬でいいから彼に会いたい。ばかみたいだと思いながらも、気持ちをおさえられなかった。もう嘘はつけない。やっぱり自分は公爵に夢中なのだ。

付き添いのアニーが現れるのを待つ間、調べたことをエミリーに報告したが、不安にさせないようにぼかした表現にとどめた。オトレー夫人はいかにも怪しいし、あさましい人間だが、それでもエミリーにとっては母親なのだ。

「きみには感謝してもしきれないよ」ベアトリスが馬車に乗るのに手を貸しながら、アンドリューが言った。「調査を引き受けてくれたおかげで、エミリーはずいぶん落ち着いた。きみをすごく尊敬しているんだ」

ベアトリスは心のなかで苦笑いした。そう言われても素直には受け止められない。デイヴィス氏との悲恋物語をハウスパーティで披露したのは、ハイミスが身分の低い男との恋に走ったのがおもしろかったからだと、エミリー自身が告白したのだ。だがここでアンドリューに反論しても意味がない。そこでベアトリスは、解決のために全力を尽くすと約束した。

アンドリューは笑顔で馬車のドアを閉め、彼女たちをポートマン・スクエアまで無事に送り届けるようにと御者に告げた。馬車に落ち着くと、ベアトリスは今日のことをアニーにどう口止めしたらいいかと考えた。メイド仲間に話されたら、ハイドクレア家のみんなにもあっという間にばれてしまうだろう。眉をひそめていると、アニーがとつぜん言った。

「ピートリー夫人に厨房でレーズン・スコーンをごちそうになったんです。それがすばらしくおいしくて。当分、あのスコーン以外のことは話す気になれないくらいです」

ベアトリスはびっくりしてアニーを見つめた。

「スコーンが？」

アニーは目をいたずらっぽく輝かせ、大きくうなずいた。

「はい、スコーンが。あまりにおいしくて、あの家でそれ以外に何があったかすっかり忘れてしまいました」

ベアトリスは呆然としていた。こんなわたしに、アニーはなぜこれほどまで忠誠を尽くしてくれるのだろう。だがそんなことを尋ねるのは野暮というものだ。

「まあ、それは残念。居間ではスコーンを出してもらえなかったのよ」

6

ケスグレイブ公爵ダミアン・マトロックは自分を女性としてまったく意識していない――そんなことぐらい、ベアトリスは骨の髄(ずい)までわかっていた。それでもなお、彼がレディ・ヴィクトリアとワルツを踊っているのを見た瞬間、胸が鋭く痛み、身体が麻痺してしまったように感じた。

「あれほどお似合いのカップルが他にいるかしら」ダンスフロアを滑るようにして優雅に踊るふたりを目で追いながら、ヴェラ叔母さんがうっとりした顔で言った。「彼女はデビューしてまだ一ヵ月しか経っていないから、公爵さまを射止めるなんてすごい快挙だわ。聞いたところでは、この縁談は公爵家の方々も大喜びだとか。というより、公爵さまのいとこたちが話を持ち掛けたそうよ。マトロック家の土地の北側にタヴィスティック家の領地が接しているからと。階級も家柄も財産も、すべてにおいて理想的な結婚よね」

ベアトリスは言葉が出ず、というよりも息もできない状態でとりあえずうなずいた。たしかに公爵とタヴィスティック家の跡取り娘の結婚は、これ以上望めないほどの組み合わせだ。叔母さんの言うとおり、彼らは初めから運命付けられたカップルと言ってもいい。どちらも温室のランのように育てられ、それぞれの品種の最もすぐれた特徴を持つ見本のような存在だ。彼女は黒髪で公爵はブロンドという正反対の部分もあるが、それですら、完璧すぎることを嫌う神さまが、ふたりを計算ずくで組み合わせた結果のように思える。

「ラルストン夫人は、いつ婚約発表があってもおかしくないと言っていたわ」ヴェラ叔母さんが続けた。「この一週間、ふたりは毎日のように会っていたそうよ」

ベアトリスはまた小さくうなずいた。公爵の結婚話はショックではあるが、おどろいてはいなかった。湖水地方のハウスパーティで彼と初めて会ったときから、彼の未来の妻の姿がはっきりと目に浮かんでいたからだ。レディ・ヴィクトリアのつややかな黒髪や、ぱっちりした黒い瞳ははずしてしまったが、全体の雰囲気は予想どおりだ。

公爵が最高級のダイヤモンドと結婚することは初めから決まっていて、問題は彼がどれを選ぶかということだけだった。ベアトリスと一緒にいることを楽しんでいるふうでもあったが、何百年と続く高貴な家柄の不文律に逆らってまで、気の利いた会話もできない平凡な容姿の娘を選ぶつもりはないはずだ。

何を今さら。結局はこうなることぐらいわかっていたはずだ。ハウスパーティのディナーで、おもしろくもない知識をひけらかしていた彼の顔に、ウナギのタルタル仕立てを投げつけてやれたらと考えていたときも。暖炉の火を前に、ふたりで一緒にオトレー氏を殺害した容疑者のリストを作っていたときも。〈デイリー・ガゼット〉の近くの歩道に並んで座り、彼女の聡明さが誇らしかったと彼が告白したときにも。

そうだ、わかっていた。わかってはいたが、暴れ馬の大群に全身を踏みつけられたような気分だった。

「お式はウィンザーのセント・ジョージ礼拝堂で挙げるのかしら。それとも御領地のケンブリッジシャーでなさるのかしら。わたしはやっぱり地元のほうがいいと思うわ」ヴェラ叔母さんが言った。「わたしとホーレスはね、ウェルデール・ハウスで、彼が洗礼を受けたときの牧師さまの立会いで結婚したの。それは家系を絶やさずにつないでいくという、一族にとってとても意味のあることなのよ。最近の若い人たちは、自分の気持ちを優先して相手を選ぼうとするけれど、本来結婚というのは、過去を受け継ぎ、未来に引き渡す責務を負っているものだから」叔母さんはうれしそうに話し続けた。「レディ・ヴィクトリアはたくさんのお子さんを産むのでしょうね。誇り高きマトロック家の歴史の一員となり、それを守っていかなくてはいけないいんですもの」

ベアトリスは胸が苦しくなってきた。叔母さんの無神経なおしゃべりをこのまま聞いていたら、そのうち冷静ではいられなくなるだろう。どこかへ逃げ出さなければだめだ。あわててあたりを見回したが、軽食や飲み物の並んだテーブルに行ったところで、かえって公爵たちの踊る姿がよく見えるだけだ。テラスはどうだろう。いや、今夜は三月初めとは思えないほどあたたかいから、レディたちがおしゃべりに花を咲かせているにちがいない。話題はもちろん今夜のトップニュース、〝ケスグレイブ公爵の賢明な選択〟だろう。

ベアトリスは浮かない顔で考えた。このうっとうしい噂話から逃れるには、化粧室にでも行くしかないかしら。ふと、部屋の隅のイチジクの木に目が留まった。なあんだ、今の気分にぴったりの場所があるじゃないの。イチジクの木は気分を癒やしてくれるというから。

前回出席したレランド家の舞踏会では、叔母さんにイチジクの木のそばでおとなしくしているようにと言われ、おもしろくなかったものだ。でも今なら喜んで座らせてもらう。葉がたっぷり茂っていればいるほどいい。

叔母さんの話題は、ケスグレイブ公爵夫人の座を狙っていた女性たちに移っていた。レディ・ヴィクトリアが選ばれたことで、どれほどがっかりしているかと。フローラのライバルだと叔母さんが勝手に考えていたミス・カーソンに話が及んだときには、心から同情しているような顔をしながらも、勝ち誇ったようなニュアンスを隠すことはできなかった。

「あの、わたしちょっと腰をおろしたいのですけど」叔母さんのおしゃべりがいつ止むともしれないので、ベアトリスはついに口をはさんだ。「イチジクの木のそばにいますから、何かあれば呼んでくださいね」

初めは話をさえぎられてむっとした叔母さんだったが、イチジクと聞いてわかりやすいほど安堵の表情になった。「あの隅っこね。それはいい考えだわ。壁の青い色もあなたの顔色によく合っているし」

なるほど。叔母さんがいつも嘆いている姪っ子の青白い顔にも、今回ばかりはプラスの評価をしてくれたわけだ。ベアトリスは苦笑いをしながら、イチジクの木へと向かった。だがその途中公爵たちが踊る姿が目に入り、またもや落ち込んでしまった。

彼と知り合ったのはわずか半年前で、これまでの人生のほんの一部にすぎない。だから知り合う前の二十六年間と同じく、それなりに満足して生きていけばいいだけのことだ。けれども、そうとわかってはいても、寂しさが胸にこみあげてきて、いきなり膝をついて小さな子どものように泣きだしそうになった。

とそのとき、興奮気味の叫び声がした。

「まあ、ようやく復帰したのね！　最後に会ってからいったい何週間経つのかしら」レディ・アバクロンビーだった。「もう二度と会えないかと思いはじめていたのよ。さすがにどこかに売り飛ばされたとは思わなかったけど、実はそういう噂を広めようかと考えていたところ。そうしたらヴェラ・ハイドクレアは、あなたをパーティに連れてこないわけにいかないから。それにしてもこんなに長い間、海外にでも行っていたの？」

ベアトリスはため息をついた。せっかくイチジクの木の下で傷ついた心を静かに癒やすつもりでいたのに。レディ・アバクロンビーにつかまったら、どうやっても逃れることはできない。このタイミングでの熱烈な歓迎は迷惑に思いつつも、うわべだけの言葉ではないとわかっていたので、胸がじんわりとあたたかくなった。

「いえ、しばらく外出しなかったのは」上手な言い訳をすばやく考えた。叔母さんからは特に何も言われてはいないが、あまり突拍子もない話はやめたほうがいい。軽い気持ちで話して、デイヴィス氏との悲恋物語の二の舞になったら大変だ。「階段の踊り場にある椅子にぶつかって転んだんです。本を抱えていて前がよく見えなくて。そのせいで柱に頭をぶつけ、目の周りにひどいあざを作ってしまいました。みっともないと思って叔母さまははっきりご説明しなかったのでしょう。ふだんから、もう少しおしとやかにするようにとお説教されていますから」

「ばかばかしい」レディ・アバクロンビーは即座に言った。「その不器用なところがあなたの魅力でもあるのに」

「いやだわ！」ベアトリスが声を上げて笑ったので、何人かが振り向いた。いけない。今の今まで、もう二度と愉快な気分にはなれないと思っていたのに、レディ・アバクロンビーの常識外れの発言を聞いてつい。叔母さんに聞かれたら、はしたないと言ってまた怒られてしまう。

あわてて笑いをひっこめたベアトリスを、レディ・アバクロンビーはいとおしそうに見つめた。

「ほら、そういうところも。あなたはそのままでいいのよ。そうね、決めたわ。六月までにあなたの結婚を決めましょう」

「お言葉ですが、さすがにそれは無謀だと思います。豚の耳から絹の財布は作れないとことわざにもありますが、醜いものを美しく変えることはできません。わたしなんて豚の耳どころか、もう一段下のネズミの耳ですもの。お気持ちはありがたいのですが、無理なものは無理なのです。わたしではなく、あの可愛いライオンくんを人気者にしてあげてください」

少し皮肉を込めたつもりだったが、レディ・アバクロンビーは笑顔でうなずいた。

「そんなふうに言われると、ますますやる気が出てきたわ。じゃあ目標は五月にしましょうか」

ベアトリスが言葉に詰まっていると、ケスグレイブ公爵の声がした。

「ミス・ハイドクレアじゃないか！」

ベアトリスはその場で凍りつき、恐怖で目を見開いた。公爵が青い瞳を輝かせ、タヴィスティック家の跡取り娘を連れて近づいてくる。間近で見ると、レディ・ヴィクトリアは長いまつ毛のせいでいっそう美しかった。

「ようやく会えた」公爵は心からうれしそうに言った。「怪我の後遺症がないようで本当に良かった」

ベアトリスはあせっていた。なにか応えなくては。なにか気の利いたことを。だけどまさか、ブロンドの巻き毛がすてきですねとは言えないし、結婚が決まったことにお祝いを言うのは絶対にいやだし。それに久しぶりに見る彼があまりにもハンサムなので、頭がぼうっとしていた。

口ごもっていると、レディ・アバクロンビーがレディ・ヴィクトリアに声をかけた。

「なんてすてきなドレスかしら。繊細なレースが淡い色によく映えてとてもお似合いだわ。そういえば近いうちにうかがいたいと思っていたのだけど、ライオンのヘンリーが執事とかくれんぼ中にガラスの破片を踏んでしまって。あの子の怪我が治るまでもうしばらくお待ちになってね」

レディ・ヴィクトリアは何と応えようか困っている。ベアトリスはそれを見て、気分の落ち込みが少しだけやわらいだ。生まれたときから社交界の中心にいるような女性でさえ、ときにはおたおたすることもあると知って安心したのだ。だがそのあと彼女が発した言葉がふるっていた。

「あの、どうぞおひとりで遊びにいらしてください。どうせ母はアフリカの動物は家に入れたくないと思いますし」

あっけらかんと言われ、さすがのレディ・アバクロンビーも返事に窮している。自分の異国趣味をからかわれたと思ったのだろう。一瞬気まずい沈黙が流れたが、すぐに公爵が前に出て、レディ・ヴィクトリアとベアトリスを互いに紹介した。するとレディ・ヴィクトリアは上品な笑顔でベアトリスに話しかけた。

「今夜の舞踏会はとてもすばらしいですわね。レモネードはお飲みになりましたか。あれほど冷えた状態でサービスされることはめったにありません」

パーティでの軽食についての会話は、ベアトリスも以前からよく耳にしてきたものだ。こうした型どおりの言葉には、同じように型どおりに応えるのが社交の場でのマナーだった。たとえば、会場に飾られた豪華なバラの美しさをたたえるとか。品種はわからないが、それでも話題にしていいのだろうか。

迷っているベアトリスを押しのけ、レディ・アバクロンビーが公爵に言った。

「ミス・ハイドクレアが元気になって本当にうれしいわ。階段の踊り場に置きっぱなしだった靴のせいで転んだんですって。その靴に責任を取ってほしいわよねえ」

靴ですって？　ベアトリスはくるりと目を回した。ついさっき椅子につまずいたと言ったばかりなのに。まあ、靴でも椅子でも別にいいのだけど。あの怪我はどっちのせいでもないのだから。

そのとき公爵がベアトリスにすばやく視線を送り、彼女の作り話だと確認すると、レディ・アバクロンビーに同調した。

「たしかに。ぼくとしてもその靴が許せないですね」

するとレディ・ヴィクトリアが口をはさんだ。

「あら、靴に罪はありませんわ。踊り場に置きっぱなしにしていたメイドか従僕のせいだと思います。うちのケンブリッジシャーの屋敷では、庭掃除のあとは必ず熊手を物置に片付けるよう使用人たちに徹底しています。おかげでここ八年近く、熊手のせいで怪我をした者はおりません」

うわあ。ベアトリスはまたもくるりと目を回しそうになった。レディ・ヴィクトリアも公爵と同じで、たいした話でもないのに得意そうに講釈をたれるのが好きなんだわ。これならたしかにふたりはお似合いのカップルだ。だけどこれでは公爵はどんどん退屈な人間になってしまう。自分を笑いものにできるすてきな能力を持っているのに、彼女が相手ではそんな気にもなれないだろう。

すると熊手には興味のないレディ・アバクロンビーは、すぐに話題を変えた。

「近々、文芸サロンを立ち上げようと思っているの。ヘンリーはかくれんぼなんかをするより、もっと学問的な環境が必要だとわかったから」

レディ・ヴィクトリアは何のことやら意味がわからず、眉をひそめている。だが公爵は愉快そうに笑った。

「文才のあるライオンか。いやはや、なんとも洒落ていますすね」

レディ・アバクロンビーが得意そうにすると、今度はレディ・ヴィクトリアが公爵に言った。

「そういえば、おばあさまに紹介してくださるとおっしゃっていましたよね」

その話を思い出したのか、公爵はあわててうなずくと、レディ・アバクロンビーとベアトリスに軽く会釈をしてその場を立ち去った。

ベアトリスはふたりの後ろ姿を見送りながら、またしてもひどく落ち込んだ。レディ・ヴィクトリアが公爵の祖母、つまりマトロック家の家長に会うということは、ふたりの結婚はもう決まったも同然なのだろう。正式な発表を聞くまではと思っていたが、それを待つまでもない。

「あなた、だいじょうぶ？」やさしい声に顔を上げると、レディ・アバクロンビーが心配そうに見つめている。

いや、心配しているのではなく、あわれんでいるのだろう。

そう、彼女は気づいてしまったのだ。

ベアトリスの鼓動がいっきに速くなった。レディ・アバクロンビーといえば、誰よりも社交的で、注目を集めるのが大好きな女性だ。彼女が他人の秘密を守れるとは思えない。近いうちに、ミス・ハイドクレアがケスグレイブ公爵に身の程知らずの恋をしているという噂が広まって、ロンドンじゅうの笑いものになってしまう。デイヴィス氏とのロマンスを、エミリーがおもしろがって暴露したのとは比べものにならない。

「まあまあ、そんなに沈んだ顔をしてはいけませんよ」レディ・アバクロンビーがやさしい声で続けた。「何も心配はいりません。わたしはあなたの幸せを一番に考えていますから。もしあなたのお母さまがここにいらしたら、苦しいときにわたしほど頼りになる人間はいないと言うはずです」

母親の話が出たとたん、ベアトリスは自分のなかで何かが決壊したように感じ、このきらびやかな舞踏室に突っ立ったまま、危うく泣きだしそうになった。それでもぎりぎりのところでこらえ、背筋を伸ばすと、レディ・アバクロンビーの瞳をまっすぐ見つめた。あわれみの色は浮かんでいない。

「ミス・ハイドクレア」彼女は前よりもさらにやさしく言った。「お母さまとそっくりね。初めて会ったときから、あなたはクララと同じように聡明な女性だとわかっていたわ。さあ、あの隅のソファでゆっくりおしゃべりしましょう。わたしがあなたを可愛いがっていることはみんな知っているから、変に思う人はいないはずよ」

レディ・アバクロンビーはベアトリスを抱えるようにしてソファに向かい、腰をおろすとおだやかに言った。「理由を訊いたりはしません。そうならないほうが不思議なくらいですから。だってこの会場にいる女性の半分は彼に恋をしているもの。わたしも含めてね」

ベアトリスは彼女のさりげない思いやりに感謝した。

「そうですね。半分とは言わないまでも、三分の一ぐらいは」冗談めかして言ったつもりだったが、思った以上に悲しげにひびいた。

レディ・アバクロンビーはうなずいた。「間違いなくそうね。公爵はとんでもなく魅力的だもの。それにあなたの場合、彼から特別に気にかけてもらっているのだからなおさらでしょう。あなたは今、自分の心が粉々に砕け、この世の終わりのように思っているかもしれない。でもそんなことはなくて、ただちょっと熱を上げていただけ。本当よ。わたしにも経験があるから。つまりね、相手から想いを返してもらえなければ、それは恋愛とは言えないの。たしかに痛みは伴うけれど、必ず乗り越えられるものよ」彼女はそう言ってベアトリスの手を握った。

いつもの陽気な彼女に似合わない厳かな口ぶりから、本心から言っているのだとわかった。これまでのさまざまな恋愛経験から導かれた言葉なのだろう。

けれどもレディ・アバクロンビーは、そもそもベアトリスと公爵の関係を誤解していた。ファゼリー卿の事件を調査中に、彼女から話を聞き出すため、公爵が作り話——自分とベアトリスの、今は亡き父親同士が親しかった縁で、孤児となった彼女を何かと気にかけている——をしていたからだ。だが実際にはそんな事実はなく、レディ・アバクロンビーが想像しているように、〝幼いころからの憧れのお兄さま〟に、ベアトリスが淡い恋心を抱いているわけではない。そういうのとは次元のちがう、つまり同じ志を持っている……。とそこまで考えて、ベアトリスは唇をゆがめた。ばかみたいだ。ふつうの恋愛感情よりも高潔だと思いこみたいだけで、本当はごくありふれた失恋にすぎないのに。

「わたしの言葉が信じられないのね」レディ・アバクロンビーはベアトリスの手を握りしめた。「だけど今あなたは、高い崖から落ちて永遠に谷底に足が着かないような気分なんでしょう？　でも必ず谷底にはたどり着くし、そうなったらもうだいじょうぶ。上を向くだけよ。わたしを信じて。失恋の悲しみを乗り越える唯一の解決策は、新たな恋をすること。その前に悲しみに浸る時間もある程度は必要だけど。そうね、一週間ではどうかしら」

一週間ですって？ この悲しみが砂漠だとしたら、一週間なんて一粒の砂にすぎない。けれどもレディ・アバクロンビーは、とまどうベアトリスにおかまいなしに続けた。

「いいこと？ 世界が輝いて見えることはもう二度とない――そんなゆううつな気分に一週間どっぷり浸るのよ。そしてそのあと、〝嘆きの椅子〟からすっくと立ち上がり、新しい日を迎えるの。〝嘆きの椅子〟は持っているかしら。すぐにうつぶせになって涙を流せるような長椅子がいいわ。持っていなければ送るわよ。わたしはいくつも用意してあって、そのときの気分でうつぶせになったり仰向けになったりするの」

レディ・アバクロンビーが部屋から部屋へと移動し、さまざまな椅子に横たわる様子を思い浮かべ、ベアトリスはおかしくなった。そしてようやく気づいた。彼女を慰めるために、レディ・アバクロンビーはこんなばかげた話をしたのだと。

「ありがとうございます。わたしの部屋にもぴったりの椅子がありますからだいじようぶです」

「それならよかった。じゃあもう一つアドバイスをするわ。チョコレートやマジパンのお菓子など、甘いものをたくさん召し上がれ。食欲がなくても何も食べないのはだめ。元気になったとき、リストを作る力が出ないから」

「リストってなんでしょう」

「もちろん花婿候補のリストよ。わたしも手伝うわ。あなたのお相手に良さそうな紳士をリストにして分類するの。相性や可能性を考えて」

あらあら、そんなリストを作ったところで、〝可能性〟の項目ですべての候補が消えてしまうでしょうに。

だがレディ・アバクロンビーは、ますます張り切って続けた。

「落ち込んでいても手あたり次第というのはだめ。しっかり戦略をたてなくてはね」

彼女の瞳が楽しそうに輝いているのを見て、ベアトリスは気づいた。彼女はまたも本気ではなく、ユーモアたっぷりに励ましてくれているのだ。感謝の気持ちでいっぱいになり、レディ・アバクロンビーの手を握った。「おやさしいんですね」

「あら、どういうことかしら」

「だってわたしを救ってくださったんですもの。なんてお礼を申し上げたらいいか」

レディ・アバクロンビーは首を振った。

「お礼なんて必要ないわ。あなたはクララ・レイトンの娘ですもの。わたしは少しでもあなたの役に立てるのがうれしくてたまらないの。もっと早くあなたを見つけ出していればと、心から後悔しているのよ。リチャードの退屈な弟夫婦に引き取られたと聞いてはいたのに。今でもクララが恋しいわ。だけどなぜふたりが悲劇にみまわれたのか、いまだに納得できないの。前にも言ったけど、リチャードのヨットの腕前はすばらしかったのに」顔をくもらせたが、すぐに続けた。「だけどもう心配しないで。あなたにはわたしがいる。シーズンが終わるまでにお相手を見つけましょう。必ず成功させるわ」

ベアトリスは、自分の母親をレディ・アバクロンビーがどれほど愛していたかを知って、心が慰められた。そして、自分のような行き遅れの娘にここまで熱心になる理由もわかった。初めて会ったときは、とつぜん人気者にしてあげると言われてびっくりしたが、二十年前、親友の忘れ形見を捜さなかった、その罪滅ぼしのつもりなのだろう。ベアトリスはその心遣いがとてもありがたく、少したあらったあとで言った。

「両親のことはあまり覚えていないし、話すら聞いていないのです。叔母はふたりをほとんど知らないですし、叔父のほうは、悲劇を乗り越えるには悲しみをひきずらないことが一番だと考えているものですから。母の弟ふたりはボストンに住んでいますが、クリスマスカードを送ってくるだけのつきあいですし、よろしければ近々おうかがいして、母の話をもっと聞かせていただきたいのですが」

「ええ、ぜひいらっしゃい！」レディ・アバクロンビーは大喜びで言った。「まあ、うれしいこと。クララからもらった手紙を取ってあるから読むといいわ。わたしも当時の日記を読み返して、詳しいことを思い出しておくわね。ただ覚悟しておいて。彼女との思い出話をしたら止まらなくなるから。あなたがもうやめてって叫ぶまでね」

「そんなこと言いません。絶対に」

レディ・アバクロンビーはにっこり笑った。「おかげでわたしも元気が出たわ。

さあ、そろそろみんなのところに戻りましょう」

レディ・アバクロンビーはこれ以上元気になる必要はないのに。ベアトリスは声を上げて笑いながら、自分はもうひとりぼっちではないと感じていた。

それでも公爵とレディ・ヴィクトリアのことを思うと、やはり胸が苦しかった。この気持ちが晴れることは一生ないのでは、とすら思うほどだ。とはいえ、慰めになることもなくはない。レディ・アバクロンビーのやさしさや、亡き母のことを深く知る楽しみ、そしてウィルソン氏の殺害事件の調査をする喜びも。特に最後については癒やしの効果だけでなく、やりがいもある。ベアトリスは笑顔で立ち上がった。

未来はきっと、これまでの人生よりずっと楽しくて満ち足りたものになるはずだ。そのときレディ・アバクロンビーがヌニートン子爵に目を留め、ベアトリスに別れを告げて彼のもとへいそいそと向かった。彼女の例のリストに、子爵も載せようと思っているのだろうか。無理に決まっている。公爵ほどではなくても、子爵だって何もかもそろっているすばらしい紳士なのだから。

7

ベアトリスがひとりになり、飲み物が並ぶテーブルに向かおうとしたとたん、目の前にケスグレイブ公爵が現れた。まさかとは思うが、暗がりで待ち伏せをしていたかのようだ。

「ミス・ハイドクレア。まずは謝罪をしてもらおうか」

ベアトリスは青ざめた。この一時間近く、レディ・ヴィクトリアのあら探しをしていたのがばれたのだろうか。あのぱっちりした黒い瞳には、中身のないものしか映っていないとか。オーケストラの演奏に合わせてつま先でタップしているのがみっともないだとか。公爵はベアトリスのそうした卑しい思いを見抜き、謝罪を迫っているのだろうか。

「何のことをおっしゃっているのですか」

「手紙だよ」

公爵の返事にベアトリスは胸をなでおろした。良かった。レディ・ヴィクトリアがらみではないのだ。当たり前か。公爵に人の心が読めるはずはない。だがそれなら何に怒っているのか。手紙とはどういうことだろう。ベアトリスはいらだたしかった。公爵は自分の知識をひけらかすのが大好きで、どんな話題にしても、微に入り細に入りもったいぶって話す。それなのになぜ今は、謎めいたひと言で返してきたのだろう。

「手紙ですか？」

「そうだ」

ベアトリスは彼の目をじっと見つめた。最後に会ったときからずいぶん時間が経っているから、その間にどこかおかしくなったのだろうか。いうことなしの美女に求婚すると、男性はこんなにも変わるものなのか。

「あの、今のお言葉はまったく意味をなしていません。まことに言いにくいのですが、非常に問題だと思います。周りの方々はおそらく、公爵さまがおそれおおくて指摘できなかったのか、あるいはご一緒できるだけで満足し、お話はほとんど聞いていなかったのでしょう。でもこのままではいけません。どうぞ落ち着いて、意味の通じるようにお話しください。わたしは黙って待っておりますから」

「何を言っているんだ、ミス・ハイドクレア。意味不明なことを言っているのはきみのほうだよ。いいからとにかく謝ってほしい」

「いいえ。公爵さまの頭が混乱しているのはわかりました。ですが、何のために謝罪すべきなのかわからないうちは謝ることはできません」

さすがにまともな返事がかえってくるだろうと思ったのは間違いだった。

「三週間だ」公爵は腹立たしげに言った。「いいか、三週間もだ！」

「だから、何が三週間なんですか！」

「きみの怪我が治るまでだよ、ベアトリス。たしかにひどい怪我だったが、それでも一週間、長くても二週間で治るようなものだったのに、三週間もひきこもったままだった。叔母上に何度尋ねても、少しずつは良くなっているという曖昧な返事ばかりで、詳しいことは何も教えてもらえない。だからぼくは、当初思ったよりもずっとひどい怪我だったのかと心配するしかなかった。もしかしたら目や脳に障害が残るのではと気が気ではなかった。だいじょうぶだという手紙が一通届くだけで、そんな不安は解消されただろうに。どういう状態かぐらいは知らせてくれても良かったのではないかな。なんといっても、きみが暴行を受けたのはぼくがそばについていなかったせいなのだから。きみはまあ、好奇心が旺盛すぎるし、少々目上の人間を軽んじるところもある。だが思慮深く、思いやりもあって、自分がやるべきことを心得ている立派な女性だ。それなのになぜ今回、手紙をくれなかったんだ。だからそうした非道な行為に対して、ぼくは今謝罪を要求しているんだ。さあ、落ち着いて考えをまとめてから言ってくれ。ぼくは黙って待っているから」それから付け加えた。「まずは〝心配をかけて申し訳なかった〟と率直に言うことを勧めるが」

ベアトリスは、〝ベアトリス〟のせいで固まってしまっていた。

怪我の具合の心配、ヴェラ叔母さんのはぐらかしへの非難、手紙をよこさなかったことへの憤り——公爵の演説を一言一句聞いてはいたが、一つも頭のなかに入ってこなかった。彼がベアトリスと呼びかけたことにひどく動揺していたのだ。そう、彼はたしかに「ベアトリス」と言った。ためらうことなく、親しみをこめて。まるでふたりは同志でもあるかのように。すでに断ち切れない絆でもあるかのように。パートナーでもあるかのように。いいえ、これからもずっとパートナーであり続けるかのように。

ぼうっとして黙り込んでいるベアトリスにいらだち、公爵は彼女の注意をひこうとして一歩前に出た。だが彼女は彼を見て、まだそこにいたのかというようにおどろいた。

「しまった。きみに以前指摘されたとおり、また長々と演説をしてしまった。それに謝罪の言葉まで先んじて言ってしまったな。いいかい。そんな大層な言葉はいらないんだ。申し訳なかったとひとこと言ってもらえれば」

「申し訳ありません」ベアトリスは即座に言った。

だがこんなオウム返しの言葉は、彼が求めていたものではないだろう。だめだ。名前で呼ばれたぐらいで他のことが何も考えられなくなるなんて。よく考えてみれば、彼の言い分は筋が通っている。最後に別れて以来、容体を伝えなかったのはたしかに申し訳なかった。だがうっかりしていたからではない。その反対だ。いっさい連絡を取らなかったのは、彼を自分の心から完全に消し去るためだった。彼への想いの深さに気づいてからは、つぎにその姿を――たとえば今日みたいに美しい令嬢とダンスを踊っている姿を――見かけても、傷つくことのないようにと、ただそれだけを目標にしていた。ところが彼は、ポートマン・スクエアを何度も訪ねてきてその努力を台無しにしたのだ。

ただ彼が自分からの手紙を待っていたとは思いもしなかったし、ヴェラ叔母さんのあやふやな説明のせいもあって、むやみに心配をさせたのはよくなかった。

「お手紙の件についてはおっしゃるとおりです。叔母はいまだにわたしの精神状態が不安定だと思いこんでいて、なるべく社交の場には出したくないと考えています。そのため、わたしの怪我を見てチャンスだと思ったのでしょう。公爵さまの言われたとおり、十日ほどで顔のあざはすっかり消えていました。ですが、もうだいじょうぶだとどんなに言っても、叔母はまだうっすら残っている、外出は無理だと言い張ったのです。ただそのせいで、まさか公爵さまがわたしの怪我が深刻なものだったと誤解されるとは思いませんでした。ご心配をおかけして申し訳ありませんでした」

「そういうことだったのか。話してくれてありがとう」公爵は重々しく言った。「ぼくのほうも叔母上の言葉をうのみにしたのがいけなかった。どこかおかしい、嘘をついているのではと疑うべきだったんだ。それにしても彼女はスパイ並みにはぐらかすのがうまいな。エルバ島に送り込んでいれば、ナポレオンがアンコンスタン号に乗る前に彼の脱出計画を知ることができただろうに」

叔母さんが地中海の島に潜入し、ナポレオン配下の将軍たちから情報を聞き出そうと暗躍する姿を想像するのは、たしかにおもしろい。だがベアトリスは公爵を見ながら、レディ・ヴィクトリアが彼の腕に抱かれて幸せそうに踊る様子を思い出していた。気品のあるふたりが優雅に、流れるように舞い踊る姿。その場の誰をも魅了する豪華なランの花のように美しかった。

わざわざつらいことを思い出したのは、公爵が彼女のことをひどく心配していたと聞き、希望の光が見えたのをいましめるためだった。彼が心配したのは責任感からであり、相手が誰であっても同じで、一般的な礼儀の一つにすぎないのだ。

「では、一番肝心な部分を教えてほしい」ベアトリスが眉をひそめると、彼はにやりと笑った。「難しい質問ではないからそんな顔をしないでいい」

「いえ、とまどっているだけです。〝肝心な部分〟とは何のことですか」

「はぐらかすのはやめてくれ。いいかい。ぼくたちが最後に別れたとき、きみの顔は殴られて腫れあがり、しかもラッセルの服を着ていた。玄関のドアを開けた人間はさぞおどろいたことだろう。あの状況をどうやって説明したのか、それを教えてほしいんだ。まさか本当の話をしたわけじゃないだろう？」

ベアトリスは胸が熱くなった。そんなことまで知りたいとは、やっぱりわたしのことを少しは……。いや、単なる好奇心からだ。あんな格好で帰宅してどうやって言い訳をしたのか、誰でも知りたいはずだもの。

「デイヴィスさんです」

公爵は一瞬目をみはったものの、すぐに理解した。

「今回もまた彼がきみを助けてくれたのか。なんて頼もしい男なんだ。いったいいつまできみの王子さまをやるつもりなんだろう」

「今回が最後です。亡くなってしまったんですもの。でもまた困ったことがあったら、お墓を掘り起こすかもしれませんけど」

「あれほどの傷だから、彼の葬儀は相当もめたんだろうね？」公爵は尋ねたあとですぐ、自分で答えを言った。「おそらく彼の兄弟がきみの変装を見抜いて激怒したか、それとも男装したきみがデイヴィス氏の妻を恨めしそうに見つめ、それを未亡人に色目を使ったと誤解されたか」

「激怒したのは彼のお父さんです」ベアトリスは訂正したが、自分とほぼ同じことを公爵が考えたと知り、思考回路が同じなのだとうれしくなった。いけない。彼にはレディ・ヴィクトリアがいるというのに。「そう、レディ・ヴィクトリアが」

つい口に出てしまった言葉に、公爵の眉が上がった。

「なんだって？」

ベアトリスは真っ赤になったが、強引に自分の流れに持っていこうとした。

「あの、レディ・ヴィクトリアはどこにいらしたのかと。さっきまでおそばにいらしたのに。叔母の話では、おふたりはいつもご一緒に過ごされているとか。よくおひとりでここに来られましたね」

我ながら嫌みな質問だとは思ったが、公爵はあっさり答えた。

「まあね。裏技があるんだ」

ベアトリスは思わず天を仰ぎたくなった。彼らの親密さを見せつけるような言葉ではないか。ふたりが結婚十周年を祝う席。ヴィクトリア夫人が美しいリボンをほどいて小箱を開け、サファイアのネックレスを目にしたときの光景が目に浮かぶようだった。

「まあ！　どうしてわたしの欲しいものがおわかりになったの？」

するとと公爵が肩をすくめて言う。「まあね。裏技があるんだ」

ベアトリスは胸がきゅっとしめつけられ、涙がこぼれそうになった。まずい。このままではみっともない姿を見せてしまう。ついさっき、自分の人生を満ち足りたものにしてくれると感じたものを思い浮かべなくては。大好きなお母さま、親身になってくれるレディ・アバクロンビー、花婿候補のリスト、それと……ウィルソン氏がオトレー夫人のベッドで亡くなった事件も。黄色いダマスク織の上掛け、彼の血の気のない顔、嗅ぎたばこ入れ……。

待って。嗅ぎたばこ入れですって？

そうか、嗅ぎたばこだ！

あの箱を見た瞬間になぜ思いつかなかったのだろう。毒はもちろん、あの嗅ぎたばこに混ざっていたのだ。たばこの強い香りはヌクス・ヴォミカの放つ香りを覆い隠してしまう。それに、ウィルソン氏以外の人間が吸い込む可能性はきわめて低い。

なぜ見落としていたのか。ベアトリスは自分に腹を立てながら、詳しく思い出そうとした。考えてみると、あの嗅ぎたばこもすてきな箱もウィルソン氏には似合わない。というより、彼には分不相応の高価な品物だ。〈ペンウォーサム卿〉がとても高価なことは知っていた。叔父さんがあれでなければと言い張るたびに、叔母さんが文句を言っていたからだ。ウィルソン氏もそこまであのたばこにこだわりがあったのだろうか。

それ以上に、たばこ入れ自体がとても上等な物だ。宝石がふんだんに使われているわけではないが、エメラルドグリーンの七宝細工はとても精巧で、エナメル部分には金で模様が描かれている。スピタルフィールズの、安物が並ぶ露店で買えるような物ではない。

オトレー夫人がプレゼントしたのだろうか。夫の遺品を整理しているときに見つけて恋人に贈ったとか。

でもそれはおかしい。オトレー氏はたばこをひどく嫌っていたはず。事件を調査中に見つけた彼の日記には、葉巻のにおいが嫌でたまらないと繰り返し書かれていたもの。となると、たばこ入れは彼の物ではない。

ではどうやってウィルソン氏の手に渡ったのだろう。

オトレー夫人の話では、ウィルソン氏はインドで貯めこんだ数千ポンドをもって帰国し、農場を買うつもりだったそうだ。その大事な資金を、虚栄心を満たすだけの、何の価値もない嗅ぎたばこ入れに使うだろうか。それとも……。

「ミス・ハイドクレア」公爵の厳しい声がした。物思いにふけっている彼女を呼び戻そうとしたのだろう。「いったい今なにを考えていたのか教えてくれ」

ベアトリスは苦笑した。教えられるわけがない。彼女がこっそり事件を調べていると知ったら、彼は大反対するはずだ。でも以前彼と約束したことはきちんと守っている。つまりウィルソン氏の死体は、偶然目の前に転がっていたわけではない。アンドリュー・スケフィントンがわざわざやってきて、真相の解明を依頼したのだ。まさかそんなことがあるとは思いもしなかったが。

新たな殺人事件を独自に調査していることで、ベアトリスは自分のほうが公爵よりも存在意義（レゾン・デートル）があるように感じた。彼女には、謎めいた難題と、それを解決しようとする覚悟がある。だが公爵には、美と品格を兼ね備えた完璧な女性レディ・ヴィクトリアがいるだけだ。

顔を上げ、公爵の目を見つめて正直に答えた。

「嗅ぎたばこのことです」

いきなり脈絡のないことを言われ、公爵は面食らったかもしれない。だが表情には出さず、おだやかに訊き返した。

「嗅ぎたばこだって?」

「はい」ベアトリスは公爵の様子をうかがいながら作戦を練った。〝公爵閣下〟の彼なら、男性のたしなむあらゆる道楽を熟知しているはずだ。ロンドンにあるたばこ店なら、どこでも知っているだろう。変に疑われずに説明するにはどうしたらいいか。

答えは簡単。愛するホーレス叔父さんに登場してもらえばいい。

「叔父さまにプレゼントしようかと思って」ベアトリスは自分の頭の回転の速さにほれぼれしていた。うまくすれば、そうとは知られないまま、公爵を調査に協力させられる。

「もうすぐ叔父の誕生日なんです。今回の怪我の件で、叔父さまと叔母さまはわたしの説明をすんなり受け入れてくれました。もしあれこれ追及されたら、わたしの作り話はどこかで破綻していたでしょう。だから感謝のしるしに、お誕生日に少し高価なものを贈りたくて、嗅ぎたばこはどうだろうと。叔父さまのお好きな銘柄はわかっているんです。〈ペンウォーサム卿〉というんですけど、ご存じですか？」

「ああ、もちろん」公爵はにこやかに言った。「叔父上はたばこになかなかこだわりがあるんだね。あれはとても高価で、ヘイマーケットの店でしか扱っていない。もう少し手ごろな品物を贈ったらどうかな」

「いいえ、もう決めてあるんです。高価なのはよくわかっています。叔母がいつも文句を言っていますから。だからこそプレゼントしたら喜んでもらえるはずです。あの、お店はヘイマーケットにあるとおっしゃいましたよね？」

「ああ、三十三番地にある。〈デュパスキエ&モルニー〉という老舗だ」

ベアトリスは名前と番地を頭にたたきこんでから、その店に行ってからの作戦を考えた。公爵が言ったとおり、あの嗅ぎたばこがそれほどのぜいたく品であれば、誰もが買えるわけではない。つまり一握りの常連だけが買い求めているのだろう。となると、容疑者はたいして多くないはずだ。

うまくいくかはわからないが、やってみるしかないと思った。今のところ、ウィルソン氏が毒を摂取した方法は他には考えられないし、彼が起きてすぐに嗅ぎたばこを吸ったというのはそれほど突飛な考えではないからだ。ホーレス叔父さんはたいてい朝一番にたばこを吸う。何かの理由で吸えなかった場合は機嫌が悪く、それを見て叔母さんもまた機嫌が悪くなる。強迫的とも言える喫煙者のこうした習慣は、ベアトリスにとって都合が良かった。あの嗅ぎたばこを吸わないまま、ウィルソン氏が長く放置していたとは思えない。手に入れたのは昨日か一昨日ではないか。オトレー夫人が彼の日々の行動をしっかり把握していれば、ウィルソン氏の最後の数日の足取りをたどり、毒入りたばこをどこから入手したのかわかるのに。しかたがない。ピカデリー近くにある彼のアパートメントを調べれば、そのあたりも判明するかもしれない。

それとヘイマーケットの店だ。そこでなんとか、あの銘柄のたばこを最近買った顧客の名前を聞き出せれば、つぎに調査すべき人物がはっきりする。

当然すんなり教えてくれるはずはないから、何か説得力のある話をでっちあげる必要がある。彼らの同情を引くような、思わず涙を浮かべるほどの——。

「ミス・ハイドクレア」公爵の冷たい声が聞こえた。

んもう、なによ。せっかく大事な作戦を考えているところなのに。顔を上げると、公爵がじっと見つめていた。いらだっているのか、いや、期待しているような顔だ。

どうせまた何か謝罪を求めているのだろう。

ベアトリスはすぐに謝った。「申し訳ありません」

ところが公爵はしぶい顔をしている。

ああ、そうか。店の名前と場所を、つまり重要な情報を教えてくれたから、お礼の言葉を求めているのだ。

「そうでしたわ、公爵さまにはお礼を申し上げなくては。本当にありがとうございます。叔父のプレゼントを買いに、さっそく明日、〈デュパスキエ&モルニー〉に行ってみようと思います」

公爵はかすかに笑みを浮かべながら、首を横に振った。

「きみはこれまで何度もぼくを傲慢だと非難してきたが、これからはぼくの鼻をへし折る戦術をとることにしたのかな。あのねえ、ぼくは嗅ぎたばこの店の件で礼を要求しているんじゃない。さっきの質問に対する答えを知りたいんだ。しかたがない、もう一度言おう。つぎのダンスをぜひぼくと踊ってくれないかな?」

「え? わたしとダンスを?」

レディ・アバクロンビーのおかげで、ようやくショックから立ち直れたのに。また彼女自身も、自己憐憫に陥って泣きださないようにがんばっていたのに。それなのに、そんな彼女を抱き寄せて踊りたいと言うのか。すでにレディ・ヴィクトリアとどれほど親しいかを見せつけ、まもなく婚約を発表すると表明したのも同然だというのに。

そこまでわたしが鈍感だと思っているのだろうか。

ふと、湖水地方のハウスパーティで初めて会ったときの公爵を思い出した。地位や財産目当ての女性たちがつねに自分を結婚の罠に陥れようとしている——その考えに固執していたっけ。けれども彼は明らかに、ベアトリスをそうした女性ではなく、友人として考えているのだろう。ただそのように扱われるのは、ファゼリー卿の事件が解決して別れを告げたとき、最も恐れていたことだった。ケスグレイブ公爵は、彼女の人生において最も大切な人物だ。そんな相手から、人生においてその他大勢のひとりとして扱われるのは、実に耐え難いことだった。

「申し訳ありませんが、お相手はできません。本当に残念ですけど」

公爵はプライドを傷つけられておもしろくなかったはずだ。だがむしろ愉快そうな顔で理由を尋ねた。

まさか本当のことを言うわけにもいかない。ベアトリスは口ごもったが、どうやら公爵は彼女の動揺に気づいていないらしい。それなら、わからないままでいてもらおう。

「足首のせいです」

「足首だって？」

「はい。ひねってしまったんです。ついさっきなんですが、足をひきずって歩くようなありさまで。それでフローラがレモネードを取りに行く間、ここで待っていたんです。お気づきかと思っていました。恥ずかしいくらいにみっともなく歩いていたので、ずっといたたまれない思いでいたんですもの」

いたたまれない思いでいたのは本当だった。公爵がレディ・ヴィクトリアとダンスを踊っているのを目にした瞬間からずっと。

「いつもどおり優雅に歩いていたと思ったが」公爵がおだやかに言った。

どう考えてもお世辞なのだが、それでもベアトリスの胸はときめき、思考が停止して、公爵の顔をぼんやりと見つめた。オーケストラがワルツを奏ではじめたが、彼はどうやら新たにダンスの相手を探すつもりはないようだ。その場にとどまり、楽しそうに彼女を見つめている。

このまま一晩中でも見つめ合っていられたら。ベアトリスがそう思ったとき、フローラが横から現れた。

「まあ、公爵さま。こんなところでベアとお話しされているとは思いませんでした」いたずらっぽい目つきでベアトリスに笑いかける。どう見ても、彼がいることに全然おどろいてはいない。しかもタイミングよくレモネードを手にしている。

公爵はフローラに笑顔を向けた。

「きみが戻るまでミス・ハイドクレアを見守っていなければと思ってね。ほら、彼女の足首が」

「ベアの……何ですって?」フローラが目を丸くした。

「足首だよ。ひどくひねって、ひきずって歩くしかないと」公爵は深刻な顔で言った。「もちろん知っているよね。そのせいできみは彼女のためにレモネードを取りに行ったんだから」

「ああ、足首（アンクル）ですね!」フローラは不自然なほど大げさに言った。「いらだち（ランクル）と聞こえたものですから、びっくりしました。この舞踏会を、ベアはとても楽しんでいるのですから。ただ足首のほうは、歩けるのが不思議なくらいひどいのです。でもどうぞご心配なく」手にしているグラスを掲げた。「レモネードでもなんでも、必要な物はこのわたしが調達してきますから」

フローラの完璧な対応に、公爵はにっこり笑った。

「うん。きみがいるなら心配はいらないな」それからベアトリスの手を取ってお辞儀をした。「ミス・ハイドクレア、お話しできて光栄でした。近いうちにまたお会いしましょう」

ベアトリスは疑問に思った。それはどうかしら。なるべく離れていたほうがいいのでは。彼にはレディ・ヴィクトリアが、そして彼女にはウィルソン氏がいるのだから。それでも彼の言葉にうなずいた。

「ええ、またぜひお目にかかりたいと思います」

公爵が満足そうにほほ笑んで、声が聞こえないところまで行ってしまうと、フローラは従姉にうれしそうに笑いかけた。

「やっぱりね。あなたに夢中なのよ」

ベアトリスは黙ってレモネードに口をつけた。何もいま必死で否定することもない。公爵がタヴィスティック家の跡取り娘との婚約を発表するのは、時間の問題なのだから。

8

〈デュパスキエ&モルニー〉の店構えはいかにも老舗らしく、エレガントだがすっきりとしていて、高級たばこの販売店だと示す王冠とやすりの彫刻がボウウィンドウの上に見える。ベアトリスは、メイドの服を着ているせいでどうにも落ち着かなかった。借りてきたアニーの服が彼女には小さく、特に胸まわりがかなりきついためだ。だが控えめなデザインは、今回の作戦にはぴったりだと気に入っていた。思いやりのある店員がひとりぐらいはいるはずだ。

まあ、絶対とは言えないけれど。店に近づくにつれ、ベアトリスはだんだん悲観的になっていった。もし店員が顧客を守ることだけを考える人間で、かわいそうな若いメイドを助ける気がなければ、作戦は失敗に終わる。そうなったらどうしようもない。閉店まで待って店にしのびこみ、帳簿を調べるしかないだろう。

ただ昼間でさえ何をするにも不器用な彼女が、闇夜に何ができる？

だからそんなことにならないよう、祈るばかりだ。

オトレー夫人からは今朝も話を聞いたが、まったく意味がなかった。夫人はオトレー家の資産状況について訊かれると機嫌が悪くなり、七宝焼きの嗅ぎたばこ入れなど見たことも聞いたこともないと言い張った。ところがウィルソン氏がその高価な品を持っていたと知ると、それは自分の物だったと言いだし、ベアトリスを連れてじめじめしたワインセラーまで下りていった。そして遺体の横に置かれたたばこ入れに手を伸ばしたが、ベアトリスのほうが一瞬早くそれをつかんだ。中身のたばこに毒が混ざっていないかどうしても確認したかったのだ。けれどもそれを夫人が奪い取ろうとしてもみ合いになり、たばこ入れが落ちて、中身の一部が土の床にばらまかれた。ふたりは同時に手を伸ばしたが、夫人は右手でベアトリスの手をさえぎり、左手でたばこ入れをつかもうとしてうっかりひっくり返し、そのせいで中身は全部床にこぼれてしまった。

ベアトリスは唇をかんだ。本当にうっかりだったのかしら。

事件の調査を邪魔するため、夫人はわざと中身をひっくり返したのでは？

「これは大事な証拠品です。恋人のウィルソンさんを誰が殺したのかわからなくなってしまいますよ。もしかして、そのほうが都合がいいのですか」

オトレー夫人はたばこ入れを拾い上げながら、おどろいて目を見開いた。

「何を言いだすの？　彼が亡くなった件については、すでにわたしの考えはわかっているでしょ。もう一度はっきり言うわね。オトレーが殺されたときも、犯人が誰かなんてどうでもよかったし、今回もチャールズを誰が殺したかなんてどうでもいいの。調べるといったって、ぶしつけな質問を浴びせられるだけじゃない。亡くなった人はもう生き返らないのだから、調べたって無駄だと思うわ」

あまりにも心無い言葉にベアトリスは唇を震わせ、階段を駆け上がってオトレー家から逃げ出してきたのだった。

〈デュパスキエ&モルニー〉の店のドアを押し開けながら、ベアトリスはふたたび考えていた。やはりオトレー夫人が犯人で、たばこ入れの中身をわざとこぼしたのだろうか。ひっかかるのは、殺し方が残酷なことだ。ウィルソン氏の存在が面倒になったとしても、あそこまで苦しめる必要があっただろうか。繰り返すが、アヘンチンキを使えば、ウィルソン氏はもっとおだやかに死を迎えられたはずだ。

そもそも、夫人にはどんな動機があるのだろう。ふたりが不仲だったと言う使用人はいなかった（ちなみに彼らはオトレー家で起きていることはすべて把握しているようだ）。

〈デュパスキエ&モルニー〉の店内に足を踏み入れると、ベアトリスは目の前のことに集中した。インテリアは高級店らしく洗練され、アダム様式の優雅な家具が美しい。木製カウンターで仕切られた奥の部分には造り付けのオーク材の棚があり、たばこの缶がずらりと並んでいる。

おそるおそる敷居をまたいだベアトリスだったが、カウンターのうしろの紳士に目を留めるといきなり顔をゆがめ、ものすごい勢いで駆け寄っていった。そしてカウンターに身体を押し付け、フランスふうのアクセント――自分でもかなり怪しげだと思いつつ――で彼に訴えた。

「ムッシュー、ムッシュー」息を切らして言う。「お願いがあります。どうか助けてください。でないとわたし、道端に放り出されてしまいます」

彼女が興奮気味にカウンターに指を打ちつけても、銀髪の店員は少しも動じなかった。堂々とした紳士で、首には鍵をぶら下げている。

「落ち着いてください、マドモアゼル。ここは上流階級の方々がいらっしゃる店なのですよ」

「ええ、ええ、わかっています。ここはロンドン一のたばこ屋さんです」

ベアトリスは照明がほの暗くてホッとしていた。我ながら下手くそな演技に頬を赤くしていたからだ。

「だからこそ、わたしはここにいるのです」バッグから小さな四角い缶を取り出し、カウンターの上に置いた。ホーレス叔父さんの書斎から拝借してきた物だ。

「これはわたしのお仕えする奥さまに届いたものです。ですが、添えてあったカードが飛んでいってしまったんです。風にのってふわっふわっと！　わたし追いかけました。でも馬車の下に落ちて、馬の糞で汚れて名前が読めなくなりました。奥さまはすごぉく怒って、わたしをクビにすると言いました。どうか助けてください、ムッシュー……」

語尾を上げ、彼が名乗るように仕向けた。

「デュパスキエだ」

「ああ、ムッシュー・デュパスキエ。わたしと同じフランス人なのですね」ベアトリリスは身をかがめたが、そのせいでもともと盛り上がっていたメイド服の胸元がいっそう強調されたように感じ、あわてて背筋を伸ばした。「でしたら、フランスの女性が放り出されるのを見たくないですね？　夜も眠れなくなりますね？」

「マドモアゼル、でもわたしには何の関係もな――」

「いいえ！」ベアトリスがいきなり叫び、ムッシュー・デュパスキエは数センチ跳びあがった。「あなた、そんなに冷たい方なのですか？　わたしの周りのイギリス人と同じように。あの人たちは血も涙もありません。あなたはちがいますね？」この言葉を聞いて彼はそわそわしはじめた。ベアトリスはほくそ笑んだ。落ち着かない気分になればなるほど、彼女から解放されるためだけに、要求を受け入れようかと思うはずだ。「たいしたことではありません。奥さまにたばこをプレゼントした紳士を見つけたいのです。最近このたばこを買った紳士の名前を教えてください。それを聞けば、贈り主の名前を思い出せると思います」いかに簡単なことかを示すため、パチンと指を鳴らした。「教えてくれますね？　そうすればわたし、放り出されずにすみます」

デュパスキエは首から下げた鍵をいじりながら神経質に咳きこみ、ベアトリスがカウンターに置いたたばこの缶を見つめている。目の前の怪しげなメイドと目を合わせないようにしているのは明らかだ。

「いや、わたしは……」彼は言葉をにごし、店のドアが開く音がすると、見るからにホッとして顔を上げた。他の客がいればこの娘もさすがに自重するだろうと思ったらしい。「お客さまの情報を他の人間に提供することは店の方針に反しているのでね。残念だが……」

だがベアトリスにはその理論は通用しなかった。ここで騒ぎを起こしたところで失うものは何もない。メイドに変装しているから身元がばれることはないし、もともと社交界では無名の存在だ。これ以上騒がれて大事な客の前で恥をかくくらいなら、こちらの願いを聞いてくれるのではないか。ベアトリスはさらに大胆になり、声を張り上げた。

「方針ですって？　わたしの命がかかっているというのに。なんて薄情な方でしょう」フローラのように、この場面で自由自在に涙を流せないのが残念だった。今入ってきた客がいる前で目に涙を浮かべれば、デュパスキエは観念して助けてくれるだろうに。

「お願いです、ムッシュー。同じフランス人として――」

「ミス・ハイドクレア、そこまでにしたまえ」背後で冷ややかな声がした。「気の毒なデュパスキエ氏をもうじゅうぶん苦しめただろう」

ベアトリスはすぐにも振り返り、声の主に怒りをぶつけたかったが、ぐっと我慢した。デュパスキエから目を離さず、何度か深呼吸をして怒りを鎮める。それから興味をひかれたかのように、ゆっくりと後ろを向いた。思ったとおり、彼は愉快そうな笑みを浮かべている。ベアトリスはすました顔で公爵に告げた。

「公爵さま、ずいぶん遅かったのですね。もっと前にお着きになるかと思っておりましたのに」

公爵は声を上げて笑ったあと、頭を振って彼女の挑戦を切って捨てた。そして近づいてくると、つややかなカウンターの上に一枚の紙を置いた。

「デュパスキエくん、約束したとおり皇太子殿下からの注文だ。今日から『王室御用達のたばこ店』と看板に加えてもらってかまわない。ただこの注文の件を口外することのないように頼むよ。だいじょうぶだろうね」

公爵は一方的に、そして楽しそうに話している。彼がここに現れたのは、彼女が何らかの調査をしていると気づいたからだろう。アンドリューから聞き出したはずはないから、昨夜の舞踏会で、彼女が店の名前を尋ねたときに察知したのか。

ベアトリスはますます腹をたてた。つまり公爵は、叔父さんの誕生日に高級たばこを贈りたいという話をまったく信じていなかったわけだ（叔父さんの誕生日が八ヵ月も先だということは知らないはずなのに）。そして教えてやったこの店を訪れ、困った事態になっている彼女を救い出し、自分の優位を見せつけようと思ったのだろう。おそらく外から様子をうかがい、一番いいタイミングで現れたのだ。メイド服に身を包み、とんでもなく下手なフランス語訛りを必死で話している彼女をながめながら……。

ベアトリスが怒りに震えている間、公爵は自分用の嗅ぎたばこも注文し、あとでタウンハウスに届けるようにと言って店をあとにした。デュパスキエ氏は満面の笑みで頭を下げている。

ベアトリスは、何とか言いなさいよと店主をどなりつけたかった。自分の店で奇妙なやりとりがあったというのに、何事もなかったかのようにふるまうのが許せなかった。けれども怒ったところで、鼻で笑われるだけだろう。

そこでカウンターに置いたホーレス叔父さんのたばこ入れをつかむと、顎を上げて店から出ていった。案の定、数メートル先に公爵がたたずんでいる。ベアトリスはつかつかと歩み寄った。

「あなたって方は！」

公爵も同時に、同じ言葉を彼女にぶつけた。

「きみって人は！」

「公爵さまにはすっかりだまされました」

「だまされたのはぼくのほうだ」

ベアトリスは悔しくて叫びだしそうになった。

だが公爵のほうは落ち着いた声で言った。

「どこか静かな、人目のないところで冷静に話し合おう」

彼はどうせ相手の意見には耳を貸さず、自分の考えだけを一方的に話すつもりだろう。鎧のように身にまとっているその見下すような態度に、ベアトリスはもううんざりだった。去年の秋、湖水地方でのハウスパーティのディナーの席でも同じだった。だからこそ、スタッフド・トマトやサーモンのソテーを彼の頭に投げつけてやりたいと思ったのだ。

「公爵さまとはどこにも行きたくありません。嘘をついた理由をお話しくださるなら、ここでうかがいます。それがおいやなら、今は時間がないのでまた別の機会にでも。ご存じのように、わたしは大事な調査をしているのですが、公爵さまのおかげで予定よりすでに半日も遅れておりますので」

「大勢の人が行き交うこんな場所で話すわけにはいかないだろう」

だがベアトリスは、目の前を通り過ぎる人たちをながめながら言い返した。

「どうしてですか。ついこの間、道端に座ってお話ししたではありませんか。ストランド街のほうがよっぽど人通りが多かったと思いますが」

「きみはあのときラッセルの服を着ていたが、今はどう見てもメイドじゃないか。ぼくは立場上、こんな場所で女性と、しかも使用人と口論しているのを見られるわけにはいかない。そういうことだ！」

ベアトリスは思わず笑いだした。道端で口論することについて口論しているという事実が、あまりにもばかげた状況だと気づいたからだ。

けれども人の目をひいてしまうと不安になったのか、公爵は彼女を不愉快そうに見つめ、小声で言った。「とにかく話し合おう」

ベアトリスがあたりを見回すと、すぐ近くに公爵の馬車が止まっている。

「わかりました」

公爵の御者は客車のドアを開けながら、ベアトリスを見てにっこりした。

「すっかり治られたんですね。ひどい傷でしたけど、今は春の花のようにみずみずしいですよ」

「おい、ジェンキンス」公爵が口をはさんだ。「口説いていないでさっさと馬車を出してくれ。クラージズ・ストリートだ」

「いいえ、ジェンキンスさん」ベアトリスがすばやく言った。「馬車は出さなくて結構です。話はすぐに済みますから」

前回の事件の顛末を知っているジェンキンスは彼女に一目置いてはいたが、申し訳なさそうに首を振った。自分の雇い主は公爵だからだ。馬車はまもなく出発した。

ベアトリスは公爵が話しだすのをしばらく待ったが、彼は窓の外を見ると決めているようだ。そこで静かに言った。

「それではまずわたしから。公爵さまはわたしをだましましたね」

ケスグレイブは首を横に振った。

「いや、ベア。それはちがう。だが話は着いてからだ」

腹を立てているのは変わらないが、今の言葉を聞いてベアトリスは鳥肌がたった。彼にベアと呼ばれたのは初めてで、恥ずかしいほど鼓動が速くなっている。

こんなこと絶対におかしい。

ウィルソン氏の事件を引き受けようと思った一番の理由は、公爵とは関係のないことで頭をいっぱいにしたかったからだ。それなのにどういうわけか、彼の馬車に乗ってクラージズ・ストリートに連れていかれる羽目になってしまった。

目的地まではあっという間で、十分もしないうちにポーチのある堂々とした白いタウンハウスに到着した。ベアトリスは馬車からしぶしぶ降りると、公爵のあとについて階段を上っていった。誰のお屋敷だろう。彼のタウンハウスはバークレー・スクエアにあるし、愛人を住まわせるにしてはあまりにも格式の高い地域だ。

公爵がノックをするとすぐにドアが開き、執事がにこやかに出迎えた。だが公爵はそっけなく会釈をしてずかずかと入っていく。

「居間を使うとおばあさまに伝えてくれ。それと紅茶を頼む」

誰の家かを知ってベアトリスはよろけそうになったが、それでも大股で歩く公爵のあとを必死でついていった。だが居間に入ってドアが閉まったとたん、不安をおさえきれず、思わず叫んでしまった。

「おばあさまですって！」

人目のない場所に着いたからだろう、公爵も怒りを隠そうとせず、大きな声で言った。

「まさか裏切られるとは思わなかったよ！　信じていたのに」

「なぜおばあさまのお屋敷に来たのですか？」ベアトリスにとってはこちらのほうが問題だった。自分は公爵にとって何者でもないのに。ごくたまに余計な忠告をしていらつかせる、たとえばブーツに入りこんだ小石くらいの存在感はあるかもしれないが。それでもおばあさまの居間に連れてくるのはどう考えてもおかしい。昨日の舞踏会で、レディ・ヴィクトリアが彼女に正式に紹介されるという話だったもの。

「約束したじゃないか。もう危ない事件には首をつっこまないと」公爵は公爵で、彼女の質問を無視して暖炉に向かって歩いていく。

「おばあさまはどう思われるでしょう？」

ベアトリスはきょろきょろと周囲を見回した。まるで公爵の祖母がすでにこの部屋にいて、ひだをたっぷりとったヴェルヴェットのカーテンの後ろ、あるいはエレガントなソファの下にでも隠れているのではと疑っているようだ。

「約束したじゃないか」公爵はあいかわらず言い続けている。

「おばあさまには何とおっしゃるおつもりなんですか?」

ベアトリスはあわてていた。だめだ、公爵はあてにならない。なぜ自分がこの部屋にいるのか、公爵の祖母が納得するような理由を急いで考えなければ。舞踏会のときと同じく、足首をひねってとりあえずこちらに立ち寄ったというのはどうだろう。男装しているわけでもないし——。

うわぁ、どうしよう! ベアトリスの顔がひきつった。メイドの格好をしているんだったわ。アニーのメイド服を着て、ケスグレイブ公爵未亡人にお目にかかるわけには絶対にいかない。視線をカーテンに飛ばすと、その後ろにある窓から逃げられないかと考えた。

とそのとき、とつぜん公爵が目の前に立ち、彼女の両肩をつかんだ。深いブルーの瞳は怒りに燃えている。

「ベア、いったい何をやっているんだ！　きみを見ていると頭がおかしくなりそうだよ」

彼の語気の荒さにおどろきながら、ベアトリスは答えた。

「あの窓から逃げられないか確かめようとしていたんです。公爵さまのおばあさまがいらっしゃる前に」

公爵の大きな目がいっそう大きくなってまん丸になり、明るい笑い声が居間にひびきわたった。彼の表情もいっきに明るくなり、青い目はきらきらと輝いている。ハンサムな顔に無邪気な少年らしさが加わり、さらに魅力が増したようだ。両肩に公爵の手のぬくもりを感じ、ベアトリスは困惑しながら彼を見つめた。これほど魅力的な人物がいるだろうか。彼はすでに富も地位も知性もすべてを持っているが、そんなことはどうでもいい。これほど屈託のない彼の笑顔を見られるだけで、ベアトリスは幸せに感じていた。

笑い声はようやくおさまり、彼は首を振りながら彼女を見つめ返した。

「ベア、きみという人は――」

だが最後まで言わず、もう一度頭を振ってから彼女の目をのぞきこんだ。

ベアトリスの鼓動が速くなった。

これまでロマンチックな恋の経験はない。もちろん、相手の息遣いを感じるほど男性の近くにいたことはない。それでも、何が起きようとしているのかはわかった。そして自分がそれを強く望んでいることにびっくりしていた。自分が自分ではないような気がする。これまで一度として、男性にキスをしたいという衝動に駆られたことはなかったのに。彼の気持ちを確かめるように、ほんの少し頭をかしげた。

ブルーの瞳がきらりと光り、彼の顔が近づいてくる。ベアトリスはゆっくりとまぶたを閉じた。期待で胸がはちきれそうだった。公爵の形のいい唇がまもなく……。

9

「わたくしがやるって言ったでしょう、サットン！」

いらだった声が聞こえたあと、ドアがノックされた。ベアトリスは恐ろしさに息をのみ、部屋の一番奥、さっきまでそこから逃げ出そうと思っていた窓に向かって駆け出した。その直後、紅茶のセットをのせたトレイを持って公爵未亡人が入ってきた。

公爵は何事もなかったような顔でドアの近くまで行き、祖母の持つトレイに向かって手を差し出している。もう少しでキスをするところだったというのは、ベアトリスの妄想にすぎなかったのだろうか。

公爵未亡人はトレイを渡すまいとして身をよじり、むっとした顔で言った。

「サットンに言ったのを聞かなかったの？　わたくしだってトレイぐらい運べます

よ。そんなによたよたして見えるのかしら」

「おばあさま。お手伝いをしようとしたのはあなたが女性だからです」公爵がやさしく言った。「ずいぶん昔になりますが、いとこのジョセフィーヌが荷物を持っている横でぼくがぼんやりしていたら、ひどく叱られましたよね」

「あれはジョセフィーヌが何をしても失敗ばかりするからです。帽子ですら落としてしまうのだから。つまり女性だからではなく、不器用な人には何も預けられないということ。そんなこともわからないなんて、あなたは本当におばかさんね」

言葉と同じく口ぶりも辛辣だったが、公爵はむしろほめられたかのように笑顔で頭を下げた。

「まずはトレイをテーブルに置いてください。落としてしまう前にね。お元気なのはぼくもサットンもじゅうぶん承知していますが、リウマチのせいで医者から厳しく言われているじゃありませんか。なるべく関節に負担をかけないようにと」

「あの医者は何もわかっていないのよ。それをうのみにするあなたもあなたです」

公爵未亡人は、また元気に孫をののしりはじめた。窓際に立っていたベアトリスは、その光景を見てあっけにとられていた。怖いものなしのケスグレイブ公爵が、わんぱく坊主のようにがみがみ言われるままになっているなんて。けれどもそのあとはまた、老婦人が入ってくる前のことを思い返していた。

公爵が彼女にキスをしようとしていたのは間違いない。未遂に終わったあと、どれほど平然としていても。ふたりはまるで磁石のように、抗いがたい力で互いに引き寄せられているのだろう。とはいえ、状況は何も変わっていない。惹かれ合う力が強い、つまりそれだけふたりの絆が深いのだとしても、彼の将来には関係のないことだ。彼女は温室で育てられたランの花ではないし、今後もそうなることは絶対にないのだから。

けれども彼が、たとえ一時的にしても自分に想いを寄せてくれたのなら、すべてが変わる。自分は悪い男にだまされるようなうぶな娘でも、恋愛経験のないハイミスでもないのだと自信がつくからだ。レディ・アバクロンビーが言ったように、「報われない恋は恋とは言えない」かもしれないけれど、経験して心から良かったと思う……。

考えが堂々巡りしているようだったが、いっぽうでは冷静に考えていた。ここがどこで、自分がどんな格好をしていて、誰にも気づかれずにこの部屋から出ていくことは絶対に無理だということを。公爵はあいかわらず祖母と口論を続けており、彼女の主治医のすばらしい実績を一つ一つ挙げている。

それをおもしろくなさそうに聞いていた公爵未亡人は、とつぜん孫息子を大声でなじった。「ちょっと。なぜゲストのお嬢さんをわたくしに紹介しないの」続いてベアトリスに声をかけた。「あなたがミス・ハイドクレアね。窓から離れたほうがいいわ。たしか二十六になるんでしょう。日光があたる場所に身を置くには、歳がいきすぎているじゃないの」

「おばあさま……」ケスグレイブが顔をしかめた。

「あら、孫に叱られてしまったわ。では言い換えましょう。ミス・ハイドクレア、太陽の光はとってもいじわるだから、窓から離れたほうがいいわ」

「おばあさまのほうがいじわるだと思いますが」公爵が苦い顔で言った。

「いやあね。そんなことをわたくしに言うのはあなただけですよ」公爵未亡人はウフフと笑った。ベアトリスは不安でたまらなかったが、それでも彼女のおどけた口ぶりにはほほ笑まずにはいられなかった。

「おや、サットンたら。ティーカップが三つあるわ。二つでいいと言ったのに本当に役立たずね」公爵未亡人はぷりぷりしながらトレイからティーカップを一つはずしている。「話をよく聞いていないのはいつものことだけど」

彼女は一緒にお茶を飲まないのかしら？　ベアトリスはおどろいて公爵に目をやったが、彼は当然のような顔をしている。公爵とふたりきりになるのはいやだわ。ベアトリスは抗議しようと口を開きかけたが、すぐに思いなおした。この迫力のある〝おばあさま〟と同席するほうがもっと恐ろしい。

ベアトリスの疑問を察したのか、公爵未亡人は彼女に向かって言った。

「いいえ、わたくしはいいの。ご招待されていないんですから」恨めしげに公爵をちらりと見る。「実を言うと、さっさと消えるように言われていたの。ダミアンは今朝からひどく機嫌が悪いのよ。あなたと約束したのにだまされた、きちんと話をつけなければばって」

「だましてなどいません」ベアトリスは言った。

「いや、だまされた。ぼくは信じていたのに」公爵がすぐさま言った。

公爵未亡人は楽しそうにころころと笑い、少女のようなその笑顔にベアトリスはびっくりした。

「お互いの誤解がとけるといいけれど。まあ、あなたたちふたりに任せるとしましょう。ダミアンがあなたをここに連れてきたのは、わたくしが厳格なことで有名だからなの。つまり、この家で見苦しいことは絶対に起きないと誰もが思っているし、わたくし自身もこの子を心から信頼しているからです。それでもドアは開けておきましょうね。話し合いがうまくいくように祈っていますよ。ただね、ミス・ハイドクレア。マトロック家の男たちは相手の言い分をまず受け入れないから、もし何かを投げつけたくなったら、窓際の青い花瓶だけはやめてちょうだいね。高価な物ではないけれど、思い出がたくさん詰まっているから」

彼女が立ち去るのを、ベアトリスはホッとしたような、でも残念でもあるような複雑な思いで見送った。ただ、ベアトリスがメイドの格好をしていることに気づかなかったはずはない。一緒にお茶を飲んだなら、絶対にちくりと皮肉を言われたはずだ。そのいっぽう、彼女がいれば公爵についてもっといろいろと知ることができただろう。ごく短い時間でも、ふたりのやりとりから思いがけない発見があったからだ。

いけない。ここに来たのはマトロック家の一族について知識を深めるためではなかった。

ベアトリスは背筋を伸ばし、公爵の目を見つめて言った。

「わたしはだましてなどいません」

「いや、あのときシルヴァン・プレスに戻るのと引き換えに、きみは約束したはずだ。無残に殺された死体が目の前に転がっていても、犯人を捜そうとはしないと。今回は〝目の前〟ではなかったとか、そうした屁理屈はやめてくれよ」

「ですが公爵さま、それは屁理屈ではないんです」ベアトリスは明るい声で言った。自分の主張にはしっかりした根拠があり、きちんと説明できると自信を持っていたからだ。公爵未亡人が言ったように、彼はその言い分を受け入れないかもしれないが。「言葉というのは、自分の考えを具体的に表現できるすばらしい手段です。けれどもそれも使い方次第で、自分の意図を相手が正しくくみ取ってくれると期待してはいけないのです」コホンと咳をしてから続けた。「〝目の前の死体には関わるな〟とおっしゃったあのとき、実を言うと、〝殺人事件には関わるな〟という意味かとずいぶん迷いました。でも、ふと思ったんです。なぜ公爵さまの意図をわたしがそんなふうに忖度しなければいけないのかと。実際今回も、公爵さまにかけられた制限のもとでなんとかうまく立ち回れないかとずいぶん頭を悩ませました。結果として、今回の事件は〝目の前〟ではなかったと自分なりの解釈で調査をしているわけですが、こうした齟齬が生じたのは、あのとき具体的に、正確に条件をおっしゃらなかった公爵さまの責任なんです」やれやれというように首を振った。「ではお話がこの件だけでしたら、これで帰らせていただきます。今日という日を、公爵さまもわたしもこれ以上無駄にしてはいけませんから。おばあさまとお話しできなかったのは残念ですが、おもてなしには大変感謝しております。どうぞよろしくお伝えくださいませ」

今にも立ち去りそうなふりをして、ベアトリスはドアに向かった。だがもちろん、これで公爵に納得してもらえたとは思っていなかった。彼はこれから、彼女の言い分は間違っており、例の約束を守るべきだと長々と演説をするはずだ。そしていつものように、さまざまな判例やら地域の法令やら、あげくはブロートン・コード（一七四三年に定められたボクシングのルール）まで持ち出すだろう。

そんな無意味な演説をのんびり聞いているひまはないのに。彼につかまったせいで、調査がまったく進まないではないか。本当なら〈デュパスキエ&モルニー〉からまっすぐ家に戻り、自分のドレスに着替え、ホーレス叔父さんから嗅ぎたばこの入手先を聞き出して（不審に思われないよう慎重に）、それからもう一度メイド服に着替え、その店に向かっているはずなのに。その際も、ほんの少しの気のゆるみも許されない。エマーソン夫人やドーソンに見つかったらその瞬間におしまいだ。

そのとき公爵が尋ねた。「言いたいことはそれだけかい？」

ベアトリスはドアまであと少しというところで立ち止まり、彼を振り返った。

「はい。きちんと弁明できたと思っておりますが」

「やっぱりな」公爵はあきれたように首を振った。「わかっているのかい。ぼくはさっき鎌をかけたんだ。〈ペンウォーサム卿〉の話が出て何か調べているとは思ったが、殺人事件だという確信はなかった。だが今きみは、自分で白状したんだ。ぼくとの約束を無視して、また新たな事件に自ら首をつっこんだと」

「待ってください。〝自ら首をつっこむ〟というのはまったくの的外れです。だって今回は、他に頼る人がいない、どうか助けてくれと必死になって頼まれたのですから。それを無下に断ることまで、公爵さまと約束したでしょうか。繰り返しますが、もしそうしたお約束をしていたら、わたしは当然その方の依頼をお断りしていたと思います」

「殺人事件の調査を依頼されただって？　まさか宣伝してまわったんじゃないだろうね。〝犯人捜しはお任せを〟とかなんとか」

宣伝ですって？　ベアトリスは公爵よりもさらにおどろいた。なるほど。その手があったか。新たな事件をどうやって探すかいろいろ考えたが、それは思いつかなかった。

「ミス・ハイドクレア！」ベアトリスの表情から、何を考えているのか察したのだろう、公爵は苦々しげに言った。「しまった。余計なことを言ってしまったな。とにかく座ってくれ。お茶を淹れるから理性的に話し合おうじゃないか」

公爵閣下がわたしのためにお茶を淹れてくれる？　なんともそそられる趣向だけれど、丸め込まれるわけにはいかない。

「せっかくのお誘いですが、今回の調査をやめろというお話でしたらお断りします。先ほども申し上げましたが、言葉というのは人によってさまざまな解釈ができるということさえおわかりいただければそれでいいのです。今後いろいろな交渉の席でぜひ思い出してください。解釈の違いのせいにして、貴族院での宣誓がたびたび反故にされるのはよくご存じでしょう」

「ベア!」

ベアトリスはおとなしくソファに腰をおろした。

公爵はその横の椅子に座り、二つのティーカップに紅茶を注ぐと、一つを彼女に差し出した。「少しぬるめだが許してくれ。祖母の手が震えるので、うっかりこぼしてやけどをさせないためなんだ」

ベアトリスはにっこり笑って受け取った。

公爵はひと口飲んでから椅子の背にもたれ、彼に似合わない猫なで声で言った。

「今回のことを、きみの叔父上や叔母上に話してもいいんだがね」

理性的にというのは口先だけだったのか。公爵がおどしをかけてきたことで、ベアトリスの胸に怒りがこみあげてきた。だが表情に出すことはなく、淡々と答えた。

「どうしてもとおっしゃるのならしかたがありません。でもそれはわたしへの恐ろしい裏切り行為で、けっして許すことはできません」

「だとしても、きみが傷つくことはない。無事でいられる」

ベアトリスは声を上げて笑ったが、少しも楽しそうではなかった。

「そうでしょうか。わたしが傷つくことはないと、本当にそうお考えなのですか？」

ベアトリスは公爵をじっと見つめた。彼は、今回の調査を知ったら彼女の叔父夫婦がどう出るかを考えているようだ。暴力をふるうことはないだろうが、姪っ子の外出の自由を奪うかもしれない。結果として、彼女の心には大きな傷が残るだろう。

ベアトリスはティーカップを持ち上げ、正直に言った。

「フランス人のメイドに扮する作戦は今朝思いついたのですが、公爵さまに邪魔をされて失敗に終わりました。ムッシュー・デュパスキエはあと一押しで助けてくれそうだったのに。それにしても、わたしをわざとあの店に向かわせたんですよね。〈ペンウォーサム卿〉を扱っていないと知りながら」

公爵はうなずいた。

「なぜわたしの話がでたらめだと見破ったのですか」

「叔父上への誕生日プレゼントだと言っただろう。それ自体とても疑わしいのだが、そもそもそれは、前回の事件のときに、ぼくがレディ・アバクロンビーから短剣のありかを聞き出そうとでっちあげた話じゃないか」

ベアトリスは苦笑いしながら頭を振った。「ああ、そうでした。だからそんな話をすぐに思いついたんだわ」

「そのようだね」公爵も笑った。

ベアトリスは小首をかしげた。「あの、ご相談なのですが、わたしの協力者(パートナー)になっていただけないでしょうか」

彼が目を見開くのを見て、ベアトリスは心のなかでフフンと笑った。思ってもみないことだったのだろう。

「パートナーだって？」

「そうです」ベアトリスはティーカップを膝にのせて身を乗り出した。「殺人事件を自力で調べて犯人を見つけ出すことは、わたしがずっとやりたかったことです。だから公爵さまをふくめて他の誰かに協力を求めたことはありません。けれども事件が起きるたびに、公爵さまもなぜか調査に加わっています。これはどう考えても、何か不思議な力が働いているとしか思えません。それならば今回もぜひ協力していただきたい、パートナーになっていただきたいと思いついたのです。いかがでしょう。ウィルソンさんを殺した犯人をご一緒に見つけませんか？」

〝ご一緒に〟という言葉を発した瞬間、ベアトリスは不安になった。もしかしたら、自分が今よりさらに傷つくようなことを提案してしまったのかもしれない。これまで恋愛の経験がまったくないため、失恋による傷がどこまで広がるのか想像できなかった。それでも限界はあるはずだ。レディ・アバクロンビーも言っていたように、底なし沼ということはありえない。

不思議なことに、公爵はにっこりと笑った。

「ウィルソンと言ったのかい？」

「はい」

「それはあのウィルソンと同じ人物かな。最初の事件で、きみが庭園の廃屋に閉じ込められる原因となった？」公爵は楽しそうに続けた。「オトレーの殺害時、彼はまだインド洋の船上にいたはずなのに、きみが容疑者の筆頭に挙げていたあのウィルソンかな。そうなのかい？」

なるほど、そういうことか。ベアトリスは彼が笑みを浮かべた理由がわかった。彼女が追っている殺人事件そのものが幻(ファントム)だと思ったのだろう。腹を立ててはいけないとわかっていたが、それでもひどい侮辱だと感じた。これでは、オトレー氏やデイヴィス氏の死に遭遇し、一時的にせよ姪っ子は頭がおかしくなったと思いこんだヴェラ叔母さんと同じではないか。あっ、だけど。彼が見当違いの思いこみをしてくれてむしろ良かったのかもしれない。公爵にはなるべく近づかないという当初の計画が続けられるわけだから。

「廃屋の件を楽しそうに言われるのは心外ですけど。あのときの傷はひどいものでしたから。でもまあ、おっしゃるとおり、あのウィルソンさんです。そして今のお言葉からすると、今回の調査に協力するのはお断りだということですね？　でしたら公爵さま、この話はこれで終わりにしましょう。それと今後いっさい、わたしの邪魔はしないでください。もう少しましな作り話を考え、別のたばこ店から顧客のリストを見せてもらいますから」実際にそのつもりなのか、それとも彼を挑発しているのか、ベアトリスは自分でもよくわからなかった。「わたしのほうも公爵さまの邪魔はいたしません。血統を途絶えさせないという大事な使命をまっとうされることをお祈りしております」

ベアトリスは自分が情けなかった。どうしてこの口は余計なことを言ってしまうのだろう。

だが公爵は挑発には乗らず、冷静に返した。

「どうやら誤解させたようだな。ぼくはウィルソンが被害者だと聞いて、からかわれたと思ったんだ」

ベアトリスは一瞬きょとんとしたが、すぐにうれしさがこみあげてきて、あわてて顔をふせると、紅茶を口にした。

「彼は本当に殺されたのかい？」公爵は身を乗り出し、矢継ぎ早に尋ねた。「どうやって？　どうしてきみが巻き込まれることになったんだ？　必死で助けを求めてきたというのはオトレー夫人なのかい？」

「いいえ、彼女ではありません」オトレー夫人なんて、今回の調査にどれほど後ろ向きだったことか。「訪ねてきたのはアンドリューさんです」

公爵は首をかしげた。もちろん彼は、アンドリューがエミリーと連絡を取っていたとは知らない。ましてや、彼女のために彼が殺人事件の調査を依頼するほどふたりの関係が深まっていることを知るはずもない。

「アンドリューとは、あのアンドリュー・スケフィントンか？」

ベアトリスはまた紅茶を口にした。うわあ、ぬるいどころじゃなくてすっかり冷たくなっているわ。それから一つ咳払いをして、今回の経緯を話しはじめた。アンドリューが訪ねてきて、湖水地方での件を謝罪してくれたことに始まり、ウィルソン氏のポケットに嗅ぎたばこ入れを見つけ、それがとても高価な品物で、彼が買ったとは思えないことまで順を追って説明した。

公爵は聞きながら、何度かショックを隠せない表情を浮かべた。最初に口をはさんだのは、ベッドに横たわるウィルソン氏をベアトリスが間近で観察したと言ったときだ。

「彼は寝間着姿だったんだろう？」

さすがに顔を赤らめてはいなかったが、不快感を隠そうとはしない。ベアトリスはこみあげる笑いをかみ殺した。恋愛経験の豊富な公爵のほうが、行き遅れの彼女よりもずっと〝お堅い〟考えを持っていることがおかしくてたまらなかった。

「ええ、もちろんです。〝お堅い〟彼を着替えさせて居間に運ぶのは賢明とは思えませんでしたから。大事な証拠をなくさないよう、現場はそのままにしておくのが鉄則かと。ただそれぞれのやり方があるでしょうから、公爵さまがまた死体を発見する機会がありましたら、ご自分が不快にならないようにご自由になさったらいいのでは」

公爵の〝お堅い〟考え方は殺人事件には無用だと皮肉ったつもりだが、彼は小さくうなずき、心に留めておくと言った。

二度目に彼が声を上げたのは、ウィルソン氏の死因はヌクス・ヴォミカという毒だろうと説明したときだ。

「いや、見事だな。たとえぼくの読書量がきみの半分だとしても、頭のなかの膨大な情報をきちんと整理し、正しい結論を導き出すことは不可能だろう」心から感心したように言った。

ベアトリスは顔を赤らめた。

「正直に言うと、この結論が正しいかはわかりません。ですが、これを否定するような新たな証拠が出てくるまではこの線で考えたいと思います」

「そのヌクス・ヴォミカが嗅ぎたばこに混ぜてあったと、どうして思ったんだい?」

「あのたばこ入れには金の細工が施され、とてもエレガントで贅沢な品です。貴族でもないウィルソンさんが持っているのは不自然だと思いました。それに公爵さまもおっしゃっていたように、あのたばこ自体がとても高価です。となると、どちらもプレゼントされた物で、それに毒が仕込まれていたのではないか。それで、最近あのたばこを買った人たちの名前がわかれば、調査は一段階進むと考えました。そ

「さっきの〝パートナーになってほしい〟というのは、ぼくを仲間に誘ったということなのかかな」公爵がひとり言のようにつぶやいた。

「公爵さまでしたら、圧倒的な高さからたばこ店の店主を威圧的に見下ろし、必要な情報を提供させることも簡単にできますでしょう」

「圧倒的といっても、二メートルも身長があるわけじゃないよ。正確には──」

「ああ、その細かい数字の違いを指摘せずにはいられないのはわかります。でもわたしは言動などもふくめ、比喩として言ったのです」

公爵は口を尖らせた。「わかった。それより〈ペンウォーサム卿〉だが、あれはクリフォード・ストリートにある〈マーサー・ブラザーズ〉が調合して販売しているんだ。ぼくは顧客ではないが、あの店はよく知っているから、店主に頼めば先ほどの情報をこころよく教えてくれるはずだ。ぼくが聞き出してきて、結果を報告するというのはどうかな。ぼくをそこまでは信頼できないかい？」ベアトリスの表情をうかがいながら尋ねた。「あるいは、そうだな。フランス人のメイド作戦は失敗に終わったから、忠実なる我が家の執事ライトくんとしてついてきてもいいが」

前回のファゼリー卿の事件を調査する際、ベアトリスは従弟のラッセルの服や靴、それに叔父さんの執事ライト氏の眼鏡を拝借して公爵の執事に変装した。その甲斐あって、ファゼリー卿の私物をあさったり、怪しまれることなく出版社を訪ねることができたのだ。

だがその結果、顔にひどいあざを作って帰宅し、亡くなった元恋人デイヴィス氏の葬儀に出席したという言い訳をする羽目になった。そのためヴェラ叔母さんは、姪っ子が無事に帰宅したことにホッとしながらも、その大胆さに目をむき、使用した服や物は即刻捨てるようにと言い渡した。ラッセルはお気に入りの靴を捨てるのはいやだと抗議をしたが、叔母さんは耳を貸さず、結局は処分されることになった。

けれども、ベアトリスはしぶしぶあきらめたラッセルとはちがい、深夜に変装道具一式を回収して保管してあった。またいつか使えるかもしれないと思ったのだ。

まさかこんなにすぐ、その機会がやってくるとは。「はい、執事ライトとしてぜひお供させていただきます」できれば今すぐ着替えにもどって公爵と共に出かけたいところだ。だがすでに、ずいぶん長い間家を留守にしている。この日朝食の席で、昨夜の舞踏会ですっかり疲れてしまったので、夕食まで静かに過ごしたいと伝えていた。さらに叔母さんに不審に思われないよう、居間で一緒に読書をしましょうとフローラを誘った。案の定、叔母さんが反論した。

「読書ならどこでもできるでしょう。いつお客さまがいらっしゃるかわからないから、居間にいてもらったら困るわ」

すると、従姉の絶大なる味方を自称するフローラが言った。

「いやだわ、ベアはそんなよぼよぼのおばあさんじゃないのに。お客さまがいらしたらすぐにひきあげるわよ」

ヴェラ叔母さんはとうぜん娘の意見を一蹴したので、ベアトリスはしめしめと思いながら叔母さんに謝った。「気づかなくて申し訳ありません。やっぱり自分の部屋で過ごしますね」

この光景は何時間も前のことだから、もうしばらくしたら誰かがベアトリスの様子を見にドアをノックするだろう。もぬけの殻とわかったら、また面倒なことになる。だから今日はもう、〈マーサー・ブラザーズ〉を訪ねるのは無理だろう。

「では明日の午前中ではいかがでしょう。十一時とか」ベアトリスはそう言ってすぐ、自分の都合ばかりで決められるわけではないと気づいた。公爵の予定は、仕事や社交ですでにずっと先まで埋まっているはずだ。家族にばれないように動くことだけを考えればいいベアトリスとはちがう。

ところが公爵はあっさり承諾した。

「ああ、じゃあ店で落ち合おう。だいじょうぶだね？」

なごやかな雰囲気で握手をかわすと、公爵はベアトリスを馬車で送ると言った。当然そうすべきだと、祖母も考えているとわかっていたからだ。だがベアトリスは必死で断った。自宅の前で公爵の馬車から降りるのを、詮索好きの住民たちにうっかり見つかるわけにはいかない。馬車に乗ってからもしばらく口論したあげく、自宅から少し離れた場所で降ろしてもらうという妥協案に落ち着いた。この件で相談を受けなかった御者のジェンキンスは、しぶい顔で通りの角に馬車を止めた。ベアトリスのメイド服は胸がぴっちりしすぎていて、ひとりで歩くのは危険だと心配したのだ。そこで彼も一緒に降りてベアトリスを家まで送り、彼女が使用人の出入り口からこっそり入るのを見届けた。

ベアトリスはジェンキンスに小さく手を振ってから家に入ると、廊下をすばやく通り抜けて自分の部屋にたどり着いた。

ドアを閉めて何分もしないうちにノックをする音がして、お茶を一緒にいかがとフローラが声をかけてきた。良かった。ぎりぎり間に合ったわ。ベアトリスはあわててベッド脇のテーブルから本を手に取り、ドアを開けようとしたところで、そのまま固まってしまった。まだメイド服を着たままだと気づいたのだ。

「ごめんなさい。実はまた傷が痛みだして。トレイをドアの前に置いてもらえると助かるのだけど」

フローラはとまどいながらも、心配そうに言った。「わかったわ。お大事にね」

10

ご要望にはそえないだって？　なにをばかな。ケスグレイブ公爵は誰もが自分に敬意を払って服従することに慣れきっていたので、〈マーサー・ブラザーズ〉の店主から返ってきた言葉に耳を疑った。彼の人生の行く手には、まっすぐで平坦な道が延びているばかりで、石ころ一つ転がっていたことはないのに。おそらくこのミスター・ヘイミッシュは、状況をよく理解できていないのだろう。

「ここ最近、〈ペンウォーサム卿〉を買い求めた客の名前を知りたいんだ」

公爵はすでに二度言ったことを再度繰り返したが、今回は〝客の名前〟という部分を強調してみた。相手が商売上の倫理規定をふりかざしているのではなく、自分の発言の趣旨を理解していないのだと思ったからだ。

ミスター・ヘイミッシュは困ったように唇をすぼめた。この〈マーサー・ブラザーズ〉を、マーサー兄弟の兄から――弟が急死したので売りに出したという――買い取ったのは一年前。どうやらそれ以来初めての災難にみまわれたようだ。しかたがない。もっとはっきり断るしかないだろう。

「ですから閣下、お教えすることはできないと申し上げているのです」そのあとで、あわてて言葉をやわらげた。「どうぞわたくしどもの立場になってお考えいただけませんか。店の経営者として、顧客に対してしかるべき責任があり、顧客名簿はとうぜん神聖なものです。もしわたくしがその情報を閣下に渡したと噂が広まれば、店の評判は地に落ち、経営が危うくなってもおかしくありません。この店を買い取って一年あまり、顧客の信頼を勝ち取るために懸命に努力してまいりましたのに」

ベアトリスは顎がはずれるほどおどろいていた。ミスター・ヘイミッシュは、不遜にも公爵閣下と同じ高さに立ったのだ！　そのため公爵は彼を見下ろすことはできなかったが、横から鼻であしらうことにより自分のプライドを保った。

「噂が広まる？　ぼくが言いふらすとでも思っているのか」

ミスター・ヘイミッシュは毅然としていた。

みごとだ。彼の鼻はおびえたウサギそっくりにぴくぴくと動いてはいるが、足はその場でしっかりと踏みしめている。

調査にとっては障害となるが、ベアトリスは公爵の尊大な態度に何度も苦しんだ経験から、断固として彼に対峙するにはどれほどの勇気が必要かよくわかっていた。だからこそ、公爵の圧力に屈して情報を渡してほしいと思ういっぽうで、ミスター・ヘイミッシュの示した気概が報われてほしいとも思った。

相反する二つの願いを同時に満たせるわけがないのに。ベアトリスは横を向き、フッとため息をついた瞬間、ミスター・ヘイミッシュのうしろのカウンターに売上台帳があるのを見つけた。信じられない。両方の願いを満たす妙案があるじゃないの！　ミスター・ヘイミッシュの注意を公爵が逸らしている間に、わたしが売上台帳で顧客の名前を確認すればいい。

だが作戦の変更を公爵にどうやって伝えればいいだろう。

ミスター・ヘイミッシュは顔を真っ赤にして弁明していた。

「とんでもございません。ただ閣下はこのうえなくご立派な方ですから、わたくしどもの〝堅実に、誠実に〟という経営理念をご理解いただけるのではと思った次第で。老舗の〈デュパスキエ＆モルニー〉をお訪ねになっても同じ結果ではないでしょうか。あの店は品質の高さに加え、口の堅さで顧客の信頼を勝ちとっています。わたくしどももそれを目指しながら、お客さまとの関係を築いているところです」彼は言い終えて興奮がおさまったのか、鼻息の荒さもおさまっている。「ご要望にそえない代わりと言ってはなんですが、よろしければこちらのたばこをお持ちになってください。バラの香油が添加されたモーニング・ブレンドです。閣下のお気に召すかと」

こ、この人は。ベアトリスはミスター・ヘイミッシュの言葉に感心して目をみはった。真面目すぎて融通のきかないように見えたが、公爵閣下を新たな顧客にしようとするなんて。

「それはつまり、取引を持ち掛けているのかな？　そのモーニング・ブレンドとやらを購入すれば、顧客の情報を教えてくれるという」公爵は尋ねた。真剣にそう考えているらしく、皮肉っぽい様子はみじんもない。ベアトリスには彼の気持ちがよくわかった。結局のところ公爵は、みんなが自分にひれ伏すのは、爵位の高さだけでなく、資産のおかげでもあるとわかっているのだ。

ところがミスター・ヘイミッシュは、わいろを要求しているのかとほのめかされ、あわてて謝罪の言葉を口にした。「めっそうもございません。そんなふうに少しでもお感じになったのであれば、深く反省してお詫び申し上げます」

ベアトリスは彼がしどろもどろになっているのに同情しながらも、彼の注意が自分からそれていることに感謝した。ちょっと手を伸ばせば、売上台帳は届きそうなほど近くにある。

残念ながら、カウンターを跳び越えなければならず、どれほど軽やかに跳んでも気づかれてしまうだろう。

「本当になんとお詫び申し上げればいいか。完璧にわたくしの責任でございます」ミスター・ヘイミッシュはあいかわらず必死で弁明している。「ただやはり顧客情報をお教えするわけにはは。繰り返しますが、〝堅実に、誠実に〟というのがわたくしどもの経営理念でして――」

そのときとつぜんベアトリスはひらめいて、彼の謝罪をさえぎって尋ねた。

「それはどこに掲示してあるのですか？」

ミスター・ヘイミッシュはひどくおどろいて、ベアトリスを見つめた。あまりに動揺していたため、公爵の執事の存在を忘れていたのだ。

「あの、何を掲示していると？」

「〝堅実に、誠実に〟という経営理念です」ベアトリスは執事のライト用のさわやかなテノールで言った。「どこにも見当たりませんが」

ミスター・ヘイミッシュは、この男は頭がおかしいのかというように眉をひそめた。だが公爵のほうは愉快そうに唇をゆがめている。彼女がつぎに何を言うのか楽しみなのだろう。

「お店の経営理念は大切ですから、きちんと見える場所に掲示すべきではないですか？　どこにも書かれていないことをとつぜん言われても、こちらとしては困惑するばかりです。あなたの言葉をはいそうですかと信じろというのですか？」

「いや、そう言われても……」ミスター・ヘイミッシュは言葉をにごし、公爵に視線を移した。こんなばかげた質問に答える必要があるのかと思ったのだろう。

「それでは、今すぐ書いて掲示されたらよろしいでしょう」ベアトリスは強い口調で言ったあと、公爵をちらりと見た。それから何やら意味ありげに頭を傾け、カウンターの上の売上台帳に視線を移した。すると公爵は軽くうなずき、にやりと笑って言った。

「うん、執事のライトの言うとおりだ。店の理念をきちんと掲示したほうがいい。ロンドンの一流の店はどこもそうしている。もしかしたら事務室など、客の見えない場所に掲げてあるのかな？」

「いえ、どこにもありません」ミスター・ヘイミッシュはとまどいと恥ずかしさの入り交じった思いで答えた。

「それならライトの言ったとおり掲示したほうがいい」

「今すぐに」ベアトリスが強い口調で付け加えた。「明瞭かつ簡潔に書かれたものを、お客からしっかり見える場所に」

「今すぐにですか？」ミスター・ヘイミッシュは面食らって訊き返した。

「そうだ」公爵が言った。「さあ、ペンと紙を持ってきたまえ。待っているから」

「わたくしがペンと紙を取ってくるのを、閣下がここでお待ちになると？」

「そうだ。だが急いでくれ」公爵はいらだたしげに言った。「きみのために貴重な時間をつぶすわけだから」

ミスター・ヘイミッシュはこの言葉に身震いすると、店の奥にある事務所に小走りで向かった。

彼が背中を向けたとたん、公爵はベアトリスに近づき、顔を寄せてささやいた。

「売上台帳だね？」

「はい。彼が理念を書いている隙に確認します。公爵さまは彼の注意をひきつけておいてください」

まもなくミスター・ヘイミッシュは戻ってくると、ペンと紙、そしてインク壺をカウンターに置いて公爵に確認した。

「〝堅実に、誠実に〟と書けばよろしいのですね？」

公爵は紙を手に取ると、台帳がある棚から三メートルほど離れた場所まで歩いていった。「ああ。でもこっちで書いたほうがいい。窓のそばで明るいから」

「たしかに。ではそちらで」ミスター・ヘイミッシュは公爵閣下を待たせるわけにはいかないと、飛び跳ねるようにして移動した。

ベアトリスはその隙にカウンターをすばやく乗り越え、床に降り立った。ラッセルのズボンに感謝しなければ。ドレスではとてもこんな芸当はできない。すぐに台帳をつかむと、ページをめくりはじめた。公爵が話しているのが聞こえる。

「まずは〝わたくしの理念〟と書くのがいいかな」

ミスター・ヘイミッシュは首をかしげたあと、意を決して言った。

「〝わたくしどもの理念〟のほうがよろしいのでは」

「それはどうだろう。すべての店員が納得しているのならいいが」

「すべて、ですか。そうなるとちょっと」ミスター・ヘイミッシュはしばらく沈黙したあと、おずおずと言った。「それでは店を主語にしてはどうでしょう。〈マーサー・ブラザーズ〉の理念と」

「ああ、それはいいね」公爵はにっこりした。「ではさっそく書きたまえ。くれぐれも慎重に。失敗して書き直すことのないように」

公爵がどうでもいいことをくどくど言っている間、ベアトリスは取引を記したページを見ていったが、思った以上に大変な作業だった。記載された件数がとんでもなく多く、目にした瞬間、調べるのはとうてい無理だと青くなったほどだ。たばこ屋というのが、まさかこれほど繁盛しているとは。

だがすぐに、ミスター・ヘイミッシュの筆跡――ふくらみを無駄に誇張したＳの大文字がＧと間違いやすい、Ｉの点は左に寄りすぎている――に慣れてくると、売上台帳を読むのが格段に速くなり、〈ペンウォーサム卿〉の注文が先週は五件、先々週は三件あったとわかった。記憶を確実にするため、注文主の名前を小声でつぶやく。

満足して台帳を閉じたちょうどそのとき、ミスター・ヘイミッシュが公爵に告げているのが聞こえた。

「おかげさまで無事に書き終えました。〈マーサー・ブラザーズ〉の経営理念。あぁ、すばらしいです」そう言って肩越しに振り向こうとした。

まだカウンターの内側にいたベアトリスは凍りついたが、公爵は彼女にウィンクすると、店主の肩に腕を回して言った。

「ではどこに掲げるか決めなければ。そうだな、あそこはどうだろう」店の入り口の上を指さした。「いや、少し高すぎるか。客はわざわざ見上げたりはしないからな。となると、ドアの横、あるいは窓のそばがいいか……」

公爵の提案に合わせて、ミスター・ヘイミッシュが視線を動かす間に、ベアトリスはカウンターを乗り越え、元いた場所に無事に着地した。その音が聞こえたのか公爵は振り向いたが、店主のほうは顎に手を当て、ドアや窓のそばを見ている。ベアトリスがうなずき、任務が成功したと伝えると、公爵はほほ笑んだ。

「よし、ミスター・ヘイミッシュ。〈マーサー・ブラザーズ〉の理念が〝堅実に、誠実に〟ということはよくわかった。実にすばらしい。だからきみは、顧客の名前をぼくに教えるわけにいかないのだね。こうして明示してあれば、今後も困ることはないだろう。さてそれでは、せっかくだから勧めてくれたモーニング・ブレンドを欲しいのだが。バラの香りというのはとってもそそられるからね」

「承知いたしました、閣下」ミスター・ヘイミッシュはうれしそうに言った。どうやら彼は、理念を掲示したことが今後の商売にとても効果的だと感じたらしい。一ヵ月後に再訪したら、さまざまな理念が店のあちこちに貼られているだろう。

公爵はモーニング・ブレンドを一ポンド注文した。嗅ぎたばこは通常、四分の一ポンドか半ポンドで注文するが、必要もない作業をさせたつぐないのつもりなのかもしれない。

「まことにありがとうございます。それでは缶に詰めまして、本日中にはバークレー・スクエアにお届けいたします」

「ああ、頼んだよ。誠実な店だから安心だな」

ミスター・ヘイミッシュは顔をほころばせ、深々とお辞儀をした。

欲しいものは手に入ったので、これ以上とどまる理由はない。公爵とベアトリスは店主に礼を言って店を出た。

何歩も歩きださないうちに、公爵はベアトリスに言った。

「うまく説明できないのだが、とてもおかしな気分なんだ。ミスター・ヘイミッシュに無駄なことをさせて申し訳ないというのとは少しちがう。あの貼り紙は何の害もないどころか、店にとって役に立つ可能性が高い。それなのにどうしてだか満足感はなく、彼をおとしめたような気がするんだ」

ベアトリスは生真面目な公爵を笑いそうになったが、あわてて言った。

「悩むほどのことではありません。罪悪感はすぐに消えますし、どうしても気になったら、来週またあの店に行って、余計なことを言った、やはり貼り紙をはがすようにと言えばいいんです。それよりも聞いてください。〈ペンウォーサム卿〉をここ二週間で八人が買ったとわかりました。カーカム、アースキン、モゥブレイ、コールマン、サマースミス、パートン、トーントン、そしてわたしの叔父です」

公爵はうなずきながら聞いていたが、思い出すようにして言った。

「カーカムは容疑者からはずしてもいい。世捨て人と言ったらなんだが、もう十年以上リンカーンシャーの自宅から一歩も出ていない。アースキンもここ一ヵ月余り、肺をわずらっていると聞いた。それに彼のことは多少知っているが、正直で立派な男だ。殺人を犯すとはとても思えない」

ベアトリスは公爵を信頼はしていたが、〝立派な男〟という部分にひっかかった。これまで調査した経験から、〝最も怪しくなさそうな人物〟が犯人だと学んだからだ。

とはいえ、アリバイ作りのために、事件の一ヵ月以上も前からベッドに臥せているふりをするだろうか。〈ペンウォーサム卿〉の売上台帳から彼の名前を見つけたのは、いくつもの幸運が重なった結果であり、そこまで用意周到な人間がいるわけがない。

「わかりました。ではカーカムさんとアースキンさんは除外しましょう。あ、もちろんわたしの叔父も。他にはいますか？」

「サマースミスもそうだな」公爵は待たせてあった馬車に向かいながら言った。「すでに七十五歳で、ずいぶん前から貴族院の演説でたびたび支離滅裂なことを口走るんだ。最近とくにひどくなっている。殺人を計画する、ましてや実行に移せるとは思えない」

ベアトリスはうなずきながら考えた。たしかに殺人犯だと疑われないよう、長い間判断力が鈍っているふりをすることはないだろう。

「そうなると、残るのはモゥブレイさん、コールマンさん、パートンさん、トーントンさんの四人ですね。どういう方々かご存じですか？」

ちょうどそのとき、御者のジェンキンスが客車のドアを開けながら尋ねた。

「公爵さま、つぎはどちらに向かいましょう」

公爵が答える前に、ベアトリスが目的地を告げた。「ピカデリーに向かってちょうだい」ジェンキンスが同意を求めて公爵を見ると、ベアトリスはいらだちをのみこんだ。そうよ、当たり前じゃない。彼は公爵に雇われている身で、自分は最近になって彼と親しくなった小娘にすぎないのだから。公爵をさしおいて彼女の指示に従うわけにはいかない。考えもなしにまた出すぎたまねをしてしまった……。

だが公爵が気を悪くした様子はなく、ベアトリスの言った行き先を繰り返し、彼女のあとから馬車に乗りこんだ。座席に落ち着くと、彼女に尋ねた。

「なぜピカデリーなんだ？」

「ウィルソンさんのアパートメントがあるんです。メルボルンという名前の。経験上、一番の情報源は被害者の部屋だと思うので、まずはそこを調べてみようかと」

公爵はこの答えににやりと笑った。

「なるほど。きみは相当経験が豊富なんだね？」

彼の言いたいことはわかる。殺人事件を調査したのは、二十六年間でわずか二件。探偵の端くれとも言えないだろう。だが皮肉を言われても自信を失うことはなかった。

「ええ、それなりには。容疑者たちに話を聞く前に、被害者についてできるだけ多くの情報を得ておいたほうがいい、それは間違いないと思います。もちろん他にいい案があれば、どうぞいつでもおっしゃってください」

「ああ。ぼくたちは〝パートナー〟だからね」公爵はその言葉をおもしろがっているようだった。

無理もない。何らかの共同作業に男女が対等な立場で参加するというのは、ふつうに考えればありえないことで、笑いたくなるのもわかる。レディ・ヴィクトリアが彼にそんなことを提案するはずはないし、公爵もそれをわかっているから、安心して彼女を妻に選んだのだろう。

ふたりのことを考えるとどうしても気が滅入ってしまうが、思ったほどではなかった。レディ・ヴィクトリアとの結婚を決めたのは公爵自身であり、刺激のない人生を送ることになっても、それは自業自得だからだ。実際、非の打ちどころのない奥方の横で退屈そうにしている彼の姿を思い浮かべると、それはそれで楽しかった。どうか負け惜しみというなかれ。気持ちを落ち着けるには、それぐらいしかできないのだから。

「今のところは特にこれといった案はない」公爵が言った。「喜んできみにお供しよう。どうやらしっかりした作戦があるようだから」

ベアトリスはほめられて素直にうれしく、晴れやかな気分で尋ねた。

「そういえば、おばあさまとレディ・ヴィクトリアの顔合わせはうまくいったのですか。ペンバートン家の舞踏会では、そのお話でもちきりでしたよ。叔母ときたら、興奮のあまり息も絶え絶えといった様子で」

「ああ。特に問題はなかった」公爵があっさり答えたことで、ベアトリスは情けない気持ちになった。なんて見当違いなことを訊いたのだろう。つまり彼は、ベアトリスのような女性がレディ・ヴィクトリアに嫉妬を覚えるとはつゆほども思っていないのだ。「単なる形式的なものだしね。もともとタヴィスティック家と我が家はとても親しい間柄なんだ。だがヴィクトリアは祖母が訪ねたときにはいつも留守にしていたから、そうした機会を今回もうけただけで」

ベアトリスは今の発言をどう受け止めたらいいのかわからなかった。〝そうした機会〟とは、とても曖昧な表現だ。これまでなかなか会う機会がなかったからと、ただそれだけのことなのか。それとも、ふたりの婚約を意味する顔合わせなのか。

前者であれば、叔母やレディ・アバクロンビーをはじめ、レディたちはみんな勘違いをしていたことになる。たしかに、長い間独身を通してきた公爵が、領地拡大のために結婚をあっさり承諾するなど彼らしくないようにも思う。そんな理由で結婚するのは、卑怯でみっともないと考えるはずだ。

それに昨日、彼のおばあさまのお屋敷で起きそうになったことはどう説明したらいい？

結婚を真剣に考えている相手がいるというのに、別の女性にキスをしようとするだろうか。あれほど品格を重んじる公爵が。

とはいえ、どれほど気持ちを奮い立たせようとしても、すべてが無意味であることはベアトリスもよくわかっていた。いまだにごくわずかでも希望があるのではと考えること自体、いかに追い詰められているかを物語っている。あきらめが悪いにもほどがあるわ。ベアトリスは我ながら情けなく、じっとうつむいたまま、メルボルンに到着するのを今か今かと待つのだった。

11

ベアトリスと公爵は、ピカデリーの近くにある三階建ての瀟洒な建物の前に降り立った。たくさんの窓が左右対称に配置されており、かつてはシドマス子爵の邸宅だったが、二十年前にアパートメントに分割されたという。玄関に続く小道を歩きながら、公爵は中庭の状態の悪さを指摘した。いたるところにポットの形をした穴があいている。

「このアパートメントはいろいろ補修が必要ですね。でもずいぶん賃貸料が安いみたいですからしかたがないのでしょう」ベアトリスは階段を上りながら言った。「ウィルソンさんの部屋は二階です。ロビーは素通りし、彼を訪ねるふりをしてまっすぐ向かいましょう。勝手に入ってはいけないと邪魔をされたら困りますから」

「それはだめだ。鍵が必要ではないか」公爵が憤然として言った。「ドアを壊して入ろうとでもいうのか?」

「まさか、そんな」ベアトリスは否定したが、実際はそのつもりだった。すでに住人はいないのだから、ドアぐらい壊れたっていいのでは。数分後、公爵閣下の命令であれば、住人のプライバシーはどうでもいいとばかりにいそいそと鍵を出してくる管理人を見て、ドアを壊すほうがよっぽどウィルソン氏を尊重する行為ではないかとベアトリスは思った。

「ウィルソンさんならちっとも気にしないでしょう」管理人のドッド氏はへつらうように笑うと、理由も訊かずに鍵を差し出した。公爵の目的が何であれ、それは正しいに決まっていると確信しているようだ。「むしろ閣下に関心を持っていただいて光栄に思うはずです。わたくしと同様、彼は貴族の方々を尊敬しておりますから。この場にいたら自ら鍵を渡すにちがいありません。あの階段を上がって、左手にある最初のドアです」

「ありがとう。きみは管理人の鑑(かがみ)だな」

ドッド氏はにたにたと笑った。

階段を上りながら、ベアトリスが言った。「安心されたのではありませんか」

「ぼくが？」公爵がけげんな顔で訊き返した。

「彼の今の対応で、公爵さまの傷ついた自尊心は元通りになりましたでしょう。公爵閣下であろうと、ヘイミッシュさんは絶対に譲ろうとしませんでしたから」

「いやだな。ぼくの自尊心はあんなことぐらいで傷ついたりしないよ。これほど一緒にいてそれぐらいわかっていなかったのかい」公爵は片方の眉を上げ、ばかにしたように返した。二階に着き、ウィルソン氏の部屋を確認すると、彼は鍵をさしこんでドアを開けた。「さあ、どうぞお先に」

ベアトリスは中に入り、全体を見回した。居間と寝室の他には洗面室しかないが、どこも整然としている。居間にある暖炉の左側には本棚が、右側には食卓があり、寝室は狭いこともあって、ベッド以外には何もない。

「物をあまり持たない人だったんですね」ベアトリスはクローゼットをのぞきながら言った。下の棚にはきちんとたたまれたシャツが四枚、上の棚にはズボンが二組、ハンガーに吊るしてあるのはコート一着だけで、タンスの上にハンカチが一枚置いてある。

公爵は本棚に目をやった。クローゼット同様、ほとんどすかすかだ。表紙が茶色い革の本を取り出した。「そうだな。それに読書家とも言えないようだ」

「インドからまだあまり荷物が届いていないのかもしれません」ベアトリスはタンスの一番上の引き出しを開けた。寝間着が一枚、ナイトキャップが二つ、靴下が数足。その下の引き出しには、下着の他に濃紺のヴェストがあった。ヴェストは型崩れしないように吊るしたほうがいいのに。一番下の引き出しは空だった。ベアトリスはタンスにもたれ、上に置かれていたハンカチを手に取った。上質なシルク製で、JBWとイニシャルが刺繍（ししゅう）されている。チャールズ・ウィルソンならCWのはずだが。「インドから荷物を送るにはかなりの費用がかかりますよね。まだその費用が工面できていなかったのでは」

「ウィルソンの父親が第五代トーントン侯爵の執事だったのは知ってるかい」公爵が声をかけた。

「えっ、そうなんですか」彼がそんな重要な情報をすでに調べ上げていたとは。ベアトリスはハンカチを置いて居間に戻った。「その侯爵は今どうしているのかしら」

公爵は彼女に、持っていた本の表紙を開いたまま手渡した。『妖精女王』（十六世紀末、エリザベス一世に捧げられた長編叙事詩）の第一巻で、見返しの部分に書き込みがある。『ウィルソンへ　長年仕えてくれた感謝と敬意をこめて。トーントン』

十年ほど前の日付からして、先代の執事ウィルソン氏に贈られたものだろう。

「そういえばオトレー夫人が言っていました。ウィルソンさんは父親のあとを継いで執事になったと。ヨークシャーのどこだかのお屋敷の」

「ああ。ノーフォークの海岸近くにあるベッスルモア城だ。五年前に先代の侯爵が亡くなり、息子のトーントンがあとを継いだ。彼はたしか四十代半ばだから、ウィルソンと同じくらいだろう。となると、ふたりは一緒に育ったようなものだな」

「でしたらその長い年月の間に、ウィルソンさんへの恨みが積もり積もってもおかしくないですね」ベアトリスは『妖精女王』を棚に戻し、別の本を手に取った。『桶物語』。ジョナサン・スウィフトによる風刺小説の初版本だ。これにも何か書き込みがないかとぱらぱらめくったが、トーントン家の紋章の入った蔵書票が貼ってあるだけだった。こんな本があるのなら、おそらく立派な図書室なのだろう。

「トーントン侯爵を容疑者リストに加えましょう」

「どうかな。幼いころの恨みが今ごろになって殺人の動機になるだろうか。それにふつうは使用人のほうが不満を持つものだろう。まあでも、ふたりの関係についてはもう少し調べる必要があるな。トーントンに話を聞いてみるか」

ベアトリスはうなずき、棚の上にある物を調べた。ピンクのアザミが描かれた金縁のティーカップ、ハサミ。銀製のロケットにはフランス語の文字が彫られている。ジョルジュという男性からのようだ。嗅ぎたばこ入れもあったが、装飾はほとんどなく、外側はサンゴ、内側は真鍮でできた質素な物だ。つぎにテーブルに目を向けた。とても小さく、食事をするにはふたりが限度だ。来客はほとんどなかったのだろう。卓上には、美しいリボンで束ねられた手紙のほかに、かなり古びた英国国教会の祈禱書が置かれている。見返しを開くと、大学でしっかり勉学に励むようにという、父親からのメッセージが書かれていた。

ベアトリスはつぎに手紙を一通手に取り、封筒から出して開いてみた。日付は一年半ほど前で、ウィルソン氏がまだインドに駐在しているころだ。差出人はエラスムス・ロビンソン。このロビンソン氏というのは東インド会社の職員で、ボンベイの総督直属の行政官のもとで働いていたらしい。ロンドンにいる共通の知人をとおしてウィルソン氏から連絡をもらったことに感謝し、今後お互いが満足できる取引ができそうであれば、その詳細を知りたいと書かれていた。

ベアトリスは読みながらうなずいた。そうそう、わたしもその〝満足できる取引〟の詳細を知りたいわ。そこでつぎつぎと手紙を開き、読み進めていった。全部で五通。そこには、オトレー氏を破滅に追い込むことで、多額の報酬を得ようとする悪だくみが記されていた。計画自体はごく単純で、情報をこっそり流すだけのものだ。オトレー氏は、自分のちっぽけな密輸ビジネスの存在を東インド会社に通報されないよう、地元の管理官に毎月わいろを渡していた。そこでウィルソン氏は、インドを脱出する夢をかなえ、それと同時に大金が自分の懐に入るよう、オトレー氏の違法事業の詳細をロビンソン氏から行政官に訴えるようにと提案したのだ。ベアトリスはハッと気づいた。なるほど。オトレー氏の事業がとつぜん東インド会社に接収されたのは、彼らふたりの暗躍によるものだったのか。この情報により、東インド会社はオトレー氏の事業を奪って新たな収入源を得ただけでなく、わいろを受け取っていた悪徳管理官の処分もできたわけだ。そこでロビンソン氏に多額の礼金を支払い、ロビンソン氏はその半分をウィルソン氏に渡したらしい。

つまりウィルソン氏は雇い主を裏切り、彼の人生を破壊することで、数千ポンドという大金を手にしたわけだ。

一生遊んで暮らせるほどではないが、小さな農場を手に入れ、悠々自適に暮らしていくにはじゅうぶんな金額だ。オトレー夫人は愛人のこうした悪だくみをいつ知ったのだろう。そのせいでオトレー家が破産寸前となったことを。もし何かの拍子に真実を知ったとしたら、愛人の裏切りを許せるはずがない。そして自分たち一家を陥れた人物に鉄槌を下したのではないか。そうだ、間違いない。

問題は、夫人がどこでヌクス・ヴォミカについて知り、それを手に入れたかだ。インドについてオトレー夫人が無知だったと考えるのは間違っている。夫の事業については何も知らないと言っていたが、そのおかげで裕福な暮らしを満喫していたのだから、無関心でいられるわけがない。オトレー氏も、取引状況や現地の事情などを訪問客と話題にしていたはずだ。

つまり夫人は夫から直接は聞いていなくても、さまざまな情報を耳にしていたのだろう。

寝室を調べていた公爵が戻ってきた。「興味をひくものは何もなかった。クローゼットもふくめ、悲しくなるほど物が少ない。きみの言ったとおり、まだインドから荷物が届いていないのかもしれない。おや、何か見つけたのかい?」淡々としていた公爵の口調が急に変わった。

「ウィルソンさんがオトレーさんを陥れた悪だくみの証拠です。大金を手に入れ、イギリスに戻ってくるための」ベアトリスは手紙の束を公爵に渡した。「あれほどずるがしこいオトレーさんを気の毒に思うなんて不思議ですけど。でもウィルソンさんはロビンソンという人と手を組んで――」

「ロビンソンとは？」公爵は手紙から顔を上げて尋ねた。

「ボンベイ総督府の職員で、首席行政官の下で働いていたようです」

公爵の顔がこわばった。「エラスムス・ロビンソンのことか？」

「そうです。ご存じなのですか？」

公爵はベアトリスの向かい側の椅子に腰を下ろした。

「おそらくモゥブレイ伯爵のことだと思う。彼は爵位を相続する見込みがなかったので、インドに旅立ったんだ。だが半年前、父親の伯爵がふたりの息子と共に馬車の事故で亡くなり、彼が爵位と領地を継ぐことになったため、急きょインドから帰国したらしい。きみの言った〝悪だくみ〟とは何のことだ？　オトレーがケシ畑を失ったことに、彼も関係があるのか？」

「はい。関係があるどころではありません」ベアトリスは手紙からわかった陰謀の詳細を話した。「あの、先ほどおっしゃった馬車の事故というのは？」

「車軸がとつぜん折れて、馬車から放り出されたんだ。御者はもちろん、客車に乗っていた伯爵と息子たちも亡くなった。本当にひどい話だった」

ベアトリスはおどろいて目を見開いた。だが彼女が口を開く前に公爵が言った。

「言いたいことはわかるが、それは筋違いだ。馬車の整備に問題があったと伯爵夫人が認めている。以前から伯爵が嘆いていたから、いつか事故を起こすのではと夫人も心配していたそうだ。事故後に調べてみると、たしかに伯爵家の馬車はどれも整備がずさんだったとわかった」

「そうはいっても――」

「ミス・ハイドクレア。きみだったら、毛糸玉とスプーンからでも有罪だとする筋書きをでっちあげられるだろう。だがね、ロビンソンは事故のとき、何千マイルも離れたインドにいたんだ。共犯者がいて、伯爵家のすべての馬車に細工をしたとも思えない。あまりにもばかげている。ああ、言われなくてもわかっている」公爵はベアトリスが何か言おうとするのを制した。「きみが誰かを疑うのに、ぼくの許可を得る必要はないことぐらい」

まさに言おうとしたことだったので、ベアトリスは苦笑いするしかなかった。

「公爵さまだって、ロビンソンさんに動機があることはお認めになるでしょう。インドでの悪だくみをばらすとウィルソンさんにおどされたら、彼を永遠に黙らせたいと思うはずです。その手紙を表にだされたら、爵位を継いだ方にとっては厄介なことでしょうから」

「いや、それは否定しないよ。ただ彼はまだ伯爵という立場に慣れずにとまどっているようだ。莫大な金が自由に使えるのもうれしくて、毎晩のように〈紅の館〉に行っては大金をすっているらしい」

「もしかしたら、殺人を犯した罪悪感に悩まされているのでは？　まあいずれにしても、今すべてを解明する必要はありません。モゥブレイ伯爵を容疑者リストの一番上にして、名前の横に星印をつけておきます。他にも馬車の事故で四人を殺害した可能性があるということで」それから周りを見回して言った。「思ったより時間がかかってしまいました。〈ペンウォーサム卿〉を購入した残りのふたり、コールマンさんとパートンさんに関するものが見つからなければひきあげましょう」

残りの手紙には残念ながら、ここメルボルンの部屋を借りることや、マドラス（現在はチェンナイ）発の帰国船のチケットを手に入れたことなど、事務的な内容ばかりだった。

最後に寝室をのぞき、公爵の言ったとおり注目すべき点はないと確認すると、彼に声をかけた。

「では、そろそろ帰りましょうか」

ふたりはウィルソン氏の部屋を出ると、ロビーで鍵を返して外に出た。玄関の前では、ジェンキンスが御者席に座って待っている。

「今日はとても充実した一日でした」馬車が動きだすと、ベアトリスは満足そうに言った。「オトレー夫人、トーントン卿、モウブレイ卿。容疑者はこの三人にしぼられましたね」

「オトレー夫人は本当にウィルソンの裏切りに気づいていたと思うのかい？」公爵は眉をひそめた。

「絶対とは言いませんが、否定はできません。実はインドの毒物について、夫人はまったく知識がないと思いこんでいました。インドには行ったこともなく、バーロー夫人の書いた本を読むような方ではないですし。でもオトレーさんと一緒に過ごすうち、そうした知識を得ていたのかもしれません。それに彼女は、わたしの調査を最初から邪魔しようとしているんです。ただ〈ペンウォーサム卿〉との関係は今のところわかりません。どうやってあの嗅ぎたばこを手に入れたのでしょう。もちろんモゥブレイ卿やトーントン卿にもなるべく早く会ったほうがいいですね。できれば明日にでも」

「いや、どちらとも面識がないから、いきなり話を聞きにいくのは難しい。ましてや執事を連れていく理由もないし。何かいい案はないものだろうか」

公爵は自分ひとりで聞き込みに行くと言いたいのか。でもそれは同意できない。彼は聡明だが、少々疑り深さに欠ける。ロビンソン氏が伯爵になれたのは不慮の事故のせいだと信じているくらいなのだから。

そもそも、本来は公爵のではなく彼女の案件なのだ。〝パートナー〟になってほしいとは言ったが、実際には彼のことを単なる助手ぐらいにしか考えていなかった。優秀な探偵には必ず助手がついているものだし、レディ・ヴィクトリアのすてきな婚約者を自分の子分として考えるのはちょっといい気分だ。自己満足と言われればそれまでだけど。

それにふだんの彼とはちがう一面を見ることができる。お金持ちの美少女にはけっして見せないような。我ながら情けない気もするが、それでも気分が上がるのは否定できなかった。

公爵をちらりと見ると、難しい顔をしている。ふたりの貴族にどう近づいたらいいか考えているらしい。馬車の窓から街の風景をながめながら、ベアトリスも頭をひねった。トーントン卿については、お屋敷はノーフォークにあり、立派な図書室があるというぐらいしか情報がない。あとは、ウィルソン氏の父親が執事として先代の侯爵に長く仕えていたこと。だったらわたしが弁護士に扮し、公爵は……。

「法律事務所の職員だわ」

「なんだって?」公爵がとまどった顔で訊き返した。彼が話し終えてからずいぶん時間が経っていたせいもある。

「トーントン卿から話を聞き出す妙案があるかとお尋ねになりましたよね。その答えです。わたしはウィルソンさんの死後の事務処理を担当している弁護士に変装します。そして彼の長年の願いは、亡き父親の愛読書をトーントン卿にお返しすることだったとして、ノーフォークのお屋敷に訪ねていきます。公爵さまには事務所の職員として同行していただきます」

公爵にとっておもしろくない提案であることは間違いない。ナイルの海戦に出撃した戦艦の順番でさえ大事にする、つまり序列を守ることが絶対という人間なのだ。誰かの、ましてや行き遅れの女の部下になることなど、絶対に受け入れられるはずがない。

おそらく肩をそびやかし、彼のトレードマークとも言える、あのあざけるようなまなざしで彼女を見下ろすだろう。初めて見たときには恐ろしくて震えたものだ。だが今なら、そうした表情を彼から自由にひきだせる自分の能力に満足し、にっこりと笑みを返せるはずだ。

けれども、こんなふうにぐだぐだと考えた時間はまったくの無駄だった。公爵はなんと、笑いながらこう言ったのだ。

「それでは、ライトくんの眼鏡を貸してくれたまえ」

えっ、本気なの？　ベアトリスは一瞬頭が真っ白になったが、それでも両手で眼鏡をはずし、彼に手渡した。

「どうか大切に扱ってくださいね。これは本物のライトさんの物で、借りたときのままの状態でお返ししないといけませんから」

余計なことを言ったかと不安になったが、彼はただおかしそうに笑っただけだった。

「それでは明日、キング・エドワード・ストリートにあるトーントン卿のタウンハウスに十一時ではいかがですか」

「ああ、時間は結構だ。だが向こうで落ち合うのではなく、きみを迎えにいくよ」

「それはいけません。事務弁護士とその助手が立派な馬車で乗りつけたら怪しまれます」

公爵が鼻を鳴らした。

「ぼくがそんな考えなしだと思うのか。辻馬車で迎えにいくにきまっているだろう」

ベアトリスは知らんぷりして話題を変えた。

「トーントン卿のあとにモゥブレイ卿も訪ねませんか。遅くても午後一時前には着けるでしょう」

「その時間だと、前の晩の酒がまだ抜けていないかもしれないな」

「わたしたちと会ったあとにまたお酒を飲んで、誰と何を話したのかも忘れてしまうかもしれません。それもまた都合がいいですね」

「いや、それはだめだ。相手の気分が悪いときに情報を聞き出そうとするのはマナーに反する。最低の行為だ。特に酒に酔っているときなどは」

マナーに反するですって？　殺人事件の容疑者が酒に酔っているときに話を聞き出すのは失礼ですって？　どう考えても、他人の命を無慈悲に奪うほうが失礼だろう。

それでも彼女はおだやかにほほ笑んだ。「おっしゃるとおりですわ。では明日はやめておきましょう」

ところが公爵は、彼女が反論しないことをかえっていぶかしんだ。

「あっさりひいたのが気になるな。一つ約束してくれ。モゥブレイを探しに、〈紅の館〉には絶対にひとりで行かないと。あそこはひどく評判が悪く、未婚の若い女性が足を踏み入れるような場所じゃない。たとえ若い男に変装していたとしてもだ。わかったね」

ベアトリスもそこまで無謀なことをするつもりはなかったので、すぐにうなずいた。

「はい。ひとりでは絶対に行きません。お約束します」問題は誰と一緒に行くかだ。公爵もそこは当然考えていた。

「従弟のラッセルだったかな、彼と一緒に行くのもだめだ」

ベアトリスは思わず笑いそうになった。同行を頼んだらラッセルは大喜びするだろう。だが興奮のあまり何をしでかすかわからない。うっかり叔父さんや叔母さんに計画をばらしてしまうとか、モゥブレイ卿に軽率なことを言ってしまうとか。だからかわいそうだが、ラッセルにだけは頼みたくなかった。

「もちろんです。お約束します」

「良かった。ありがとう。それと、もうひとりの従妹のお嬢さんもだよ」

「フローラですね。彼女のほうから断るとは思いますが」いかがわしい賭博場に誘われたら、あの可愛い顔が恐怖でゆがむだろう。

「あとはそうだな、ミス・オトレーやアンドリューも」

なるほど。たしかにアンドリューなら、資金面でも社会的立場でも問題ないから、賭博場で遊んでいても不自然ではない。ただ同行者としてはあまりにも未熟だ。ベアトリスが考えているのは、社会のあらゆる側面に通じていて、自分に興味を示すうさんくさい相手をにらみつけ、たじたじとさせてやれる人物だ。

「ミス・オトレーとアンドリューさんですね。お約束します」

「そうだ、大事な男を忘れていた」公爵はさりげなく言った。「ヌニートンに頼むのもだめだぞ」

ヌニートン子爵に？　ベアトリスはとうとうふきだしてしまった。数えるほどしか話したことがないのに、聞き込みをするから一緒に賭博場に行ってくれと頼めるわけがない。ようやく笑いがおさまると、息を整えて尋ねた。

「このわたしがヌニートン子爵に頼むなんて。いったいどこからそんなお考えが浮かびましたの？」

表情からは何も読み取れないが、公爵の口調は硬かった。

「彼とはとても親しいように見えたが」

ベアトリスは目を丸くした。あのアンニュイな雰囲気のハンサムな貴公子とこのわたしが親しいとは。ヌニートン子爵とは公爵と同じく、オトレー氏が殺された湖水地方のハウスパーティで初めて出会ったが、そのときはほとんど話さなかった。その後何度か舞踏会で話をしたので、公爵はそのことを言っているのだろう。たしかに一対一で話してみると、気取り屋だという思いこみはくつがえされ、彼は人間味があって頭もよく、とても魅力的な紳士だった。ただヌニートン子爵の興味の対象は殺人事件の詳細で、ベアトリスではないから、〝親しい〟などとはとても言えない。だがあえて否定する必要もないだろう。

「わかりました。ヌニートン子爵にもお願いしません。でも公爵さまはなぜわたしが同行を頼みそうな人たちをひとりひとり挙げるのですか？　〝同行禁止リスト〟でも作っていらっしゃるんですか」

公爵は笑いをこらえるように唇を引き結び、頭を振った。

「ミス・ハイドクレア、よく気づいたね。これはね、きみがぼくを負かす（ゲット）ことができないようにするためだよ」

「負かす？」ベアトリスは混乱した。

「いや、出し抜く（ゲット・アラウンド）か」正確な表現に変えた。「相手の行動を制限したいなら、条件を正確に挙げなければと忠告してくれたじゃないか。だからその忠告を胸に、きみが同行を頼みそうな人物の名前をもらさず挙げているというわけだ」

彼の顔はとても楽しそうだから、からかっているだけなのだろう。だがそんな彼を見て、ベアトリスは悲しくなった。生まれながらに富にも地位にも恵まれた男性が、女性の忠告に耳を傾け、それを実際にやってみるなどそうそうあることではない。この人は正真正銘の〝紳士〟なのだ。ベアトリスはこのとき初めて、公爵にレディ・ヴィクトリアはふさわしくないと思った。彼も彼女と同じく、温室で育てられた美しい花にはちがいないが、どこかでその〝花園〟のフェンスを越えてしまったのだろう。

「まだ他にもいるな」公爵が続けた。「ああ、ジェンキンスを連れていくのもだめだ」

あまりに突拍子もないことを言われ、ベアトリスは我に返った。

「いやですわ。彼ほど公爵さまに忠実な人はいません。だから彼を困らせるようなお願いをするつもりはありません。完璧なリストを作るなら、あとはわたしの叔父と叔母、それにオトレー夫人も入れておきましょうか。これで終わりかしら。そうだわ、メイドのアニーも。使用人は共犯者にしやすいですから」ベアトリスは背筋を伸ばした。「ではここに誓います。〈紅の館〉には、これまで挙げた人たちとは絶対にまいりません。わたしが社交界で人気がなく、友人がほとんどいないのが幸いでした。でなければ、名前を挙げるのに何時間もかかるところでしたから」

ベアトリスはわざと情けなさそうに言った。彼が心苦しく感じ、他の話題に移ってくれればと思ったのだ。だが公爵はその手にはひっかからなかった。

「いや、まだひとり残っている。レディ・アバクロンビーだ。彼女と親しいのだから、社交界で人気がないとは言えないだろう。まあとにかく、彼女ともあの店には行かないと約束してもらおうか」

ベアトリスはその約束をすることはできなかった。レディ・アバクロンビーこそ、同行を頼もうと思っていた相手だからだ。あらゆる娯楽に通じ、大胆不敵な彼女なら、あの悪名高き〈紅の館〉でも遊んだことがあるはずだ。なにしろライオンの仔をペットに飼うような女性なのだから。

「さすがですわ、公爵さま」ベアトリスは笑顔で言った。「約束をするときは具体的かつ詳細に。過去の失敗をあらためる男性はなかなかいないものですのに。本当に感服いたしました。すでにご立派でいらっしゃるのに、さらなる高みに到達するための変化を恐れないのですね」

ほめちぎったのは、約束すると断言せずに済ませるためだった。だが心から賞賛していることは事実であり、その誠実な口調から公爵も素直に受け取ったのだろう。警戒心をすっかり解いてしまった。

彼はベアトリスをしばらく見つめたのち、小さくつぶやいた。「さらなる高み？もうすでに昇りつめていると思っていたが」

謎めいた言い方にベアトリスは首をかしげ、ポートマン・スクエアに着くまでの間、どういう意味だろうと考え続けた。三十二歳にもなる彼は、自分のやり方はすでに確立され、もはや変われないと言いたいのだろうか。だがそれでは、深く考え込んだあとに彼の顔に浮かんだわずかにとまどうような表情を説明できない。あれは単に歳を重ねて身についたやり方というよりは、自分の手に負えない厄介なしばりがあると示唆していたのではないか。ベアトリスはほおっと息を吐いた。なにをばかな。こんなふうに思いをめぐらしてしまうのは、もうすでに望みはないとわかっている夢にすがりたいだけなのだろう。

ベアトリスは自分にも公爵にもいらだち、そのまま黙りこんだ。やがてジェンキンスがポートマン・スクエアの近くに馬車を止めると、うわの空で公爵に別れを告げた。

12

もしベアトリスが、〈紅の館〉の悪評はそこに集まる人たちのせいだと理解していたら、華やかに着飾っていけとレディ・アバクロンビーがどんなに言い張っても、もっと必死で抵抗しただろう。だが彼女は、たった一度しか抗議の声を上げなかった。

「これをわたしが着るのですか？　そんな必要があるのでしょうか」

レースで縁取られた豪華な青いシルクのドレスを見て、レディ・アバクロンビーに尋ねた。これほど繊細な仕立てのドレスは着たことがなく、ひっかけたり汚したりするのではと不安になっていた。とりたてて不器用だとかしょっちゅう飲み物をこぼすとか、そういうわけではない。だがセルリアン・ブルーの色合いはすばらしく鮮やかで、絶対に汚すわけにはいかないと思った。

「知っているとと思うけど、わたしは何事にも万全を期す、つまり完璧主義者なの。我が家の居間がどこもかしこも美しく飾り立てられているのは知っているじゃないの」

ベアトリスは、東洋の宮殿のようなレディ・アバクロンビーの居間を思い出した。蓮の形のシャンデリアや金色の蛇、竹の天蓋などでごてごてと飾られている。

「だからその完璧主義者のわたしが、貧しい家庭教師(ガヴァネス)のような格好の若い娘を連れて登場するわけにはいかないの。わたしの厳しい審査を通過しなければ一緒には行けないわ。西洋文明を支えるという気概を示さなければね。さあ、わかったらドレスを着替えて、マリーに髪を結ってもらいなさい。そのあとで、モゥブレイ伯爵からどうやって情報を引き出すかを相談しましょう。一応言っておくけれど、あなたが教養の高い貧しいお嬢さんに見えてもふだんならちっともかまわないの。自分が自由に生きているぶん、他人の生き方は尊重しているから」

ベアトリスはおとなしく聞いていた。レディ・アバクロンビーのメイドに身を任せるだけで一緒に行ってもらえるのだから。それにドレスの問題はおまけのようなもので、レディ・アバクロンビーが同行に際して問題にしたのは、モゥブレイ卿が

〝リスト〟に載っていないことだけだった。

「モゥブレイ卿がリストに？」ベアトリスは眉をひそめた。

「もちろんあなたの花婿候補のリストよ。公爵への想いを断ち切るため、新しい恋のお相手が必要だと前にも言ったじゃないの。モゥブレイ卿は対象ではないんでしょ？」

彼女がリストを作っていたのは知っていたが、ベアトリス自身も作ることになっていたとは。あわてて言った。「そういうリストはありません」作るつもりもないと言おうとしたが、その前にレディ・アバクロンビーがうなずきながら言った。

「良かった。べつに余計な口を出すつもりはないのよ。あなたの人生なのだから、最終的には自分で決めるのが一番だもの」それからパンと手をたたいた。「さあ、今夜にふさわしいドレスに着替えていらっしゃい。用意ができたらすぐに出発するわよ」

そして今ベアトリスは、〈紅の館〉のハザード（さいころを使ったばくち）・ルームにいて、この場にふさわしいドレスという意味をようやく理解していた。隣に立っている巨体のギャンブラーが、高い目線から彼女の深い胸元を恥ずかしげもなくのぞきこみ、にやついている。ああ、いやだ。やっぱり行き遅れの娘らしく、高い襟のやぼったい緑色のドレスを着てくればよかった。

スカーフか、せめてナプキンでもあれば折りたたんで胸元にさしこめるのに。

男の視線から胸元を隠そうとして身体の向きを変えると、今度は赤ら顔の紳士のちょうど鼻先に胸の谷間が近づき、彼がにたにたと笑ってウィンクしてきた。

背後では、ベアトリスのドレスが控えめに見えるほど胸元をあらわにした厚化粧の女が、ハスキーな声で大笑いしながら、肘で背中を押してきた。

ベアトリスは一歩ずれて彼女に特等席をゆずろうとしたが、動く場所がない。部屋自体は大きなハザードテーブルを置いてもじゅうぶんな広さがあるのだが、ゲームに参加しようとする人たちがつぎつぎと集まってきて、息苦しいほどになっていた。

「そろそろいかがでしょうか」

キャスター（さいころを振る人）が勝利をおさめ、部屋が落胆の声に包まれたとき、ベアトリスはレディ・アバクロンビーに言った。少し前、モゥブレイ卿に話しかけようと提案したときには、レディ・アバクロンビーに止められていた。「勝っているときにゲームをやめる男性はいませんよ」

そのあとから、彼は三回続けて負けている。

レディ・アバクロンビーがささやいた。「つぎのキャスターはモゥブレイ卿だわ。彼がさいころを振ったら、少し待ってから話を聞きたいと持ちかけましょう」

「つぎの勝負も、彼が負けると思っているんですか？」

「たぶんね」レディ・アバクロンビーはほほ笑んだ。「結局はみんな負けるようにできているの。だからギャンブルはまったく意味がないのよ」

たしかにそうだ。モゥブレイ卿がさいころを振るのをながめながら、ベアトリスはうなずいた。最近従弟のラッセルからヴァンテアンというトランプのゲームを教わり、頭を使って勝負するゲームの楽しさはわかっていた。手持ちのカードの合計を二十一に近づけるよう、それまでに何のカードが公開されたかを記憶し、つぎの出現率を予測するのは楽しい。だがハザードはプレイヤーに記憶力も戦略も要求しない。さいころの投げ方ですら結果に影響しない。勝負の行方はすべて運にかかっている。

時間をかけても上達の見込みがないものをやり続ける意味が、どこにあるのだろう。

　モゥブレイ卿が大金を投じ、結果的に負けたとしても、それがせめて集中力や戦略を必要とするホイストのようなゲームなら、その努力にある程度敬意をはらい、ゲームが終わるまで辛抱強く待っていられるだろうが。

「ああ、ここにいらしたんですね」誰かの声がした。

　ベアトリスがおどろいて振り返ると、ヌニートン子爵の愉快そうな、そしてあたたかいまなざしが彼女を見つめていた。こんないかがわしい賭博場で出会っても、少しもおどろいていないようだ。

「ヌニートン子爵、ここで何をしているんです？」おどろきのあまり、ぞんざいな言葉になってしまった。

「わたしが付き添いをお願いしたの」レディ・アバクロンビーが言った。「紳士の付き添いもなしで、レディがこんな悪徳の巣に来るわけにはいかないでしょう」それからヌニートン子爵に笑顔を向けた。「今夜はご一緒していただきありがとうございます」

　ベアトリスもあわてて彼にほほ笑むと、レディ・アバクロンビーの耳元にささやいた。「どうしてヌニートン子爵に?」

「彼はわたしの作ったリストの六番目だから」伯爵未亡人は小さな声で言うと、ヌニートン子爵に話しかけた。「ちょうどいいところにいらしてくださったわ。ミス・ハイドクレアがハザードを見物するのに飽きているみたいで。よろしければ、カクテルでも飲めるところに彼女を連れていってくださらない? たしかおいしい軽食が並ぶテーブルもあったと思うわ」

そういうことか。ベアトリスは自分の考えの甘さに苦笑いした。レディ・アバクロンビーが〈紅の館〉への同行を二つ返事で承諾したのは、冒険好きなレディだからではなく、わたしとヌニートン子爵をくっつけたいからなのだ。

「ええ、喜んで」ヌニートン子爵は軽く頭を下げてから、腕を差し出した。「さあ、ミス・ハイドクレア」

ベアトリスはためらった。ヌニートン子爵は〝花婿候補リスト〟だけではなく、公爵の挙げた〝同行禁止リスト〟にも載っていたからだ。彼とは一緒に行かないとはっきり約束してしまったのに。

いいえ、だいじょうぶ。ベアトリスは自分に言い聞かせた。

わたしはあのとき明言しなかった人物、つまりレディ・アバクロンビーに付き添いを頼んだだけだ。だから公爵との約束はやぶっていない。彼だって、今回は言葉の解釈の違いではないとわかってくれるだろう。

「ありがとうございます」ベアトリスはヌニートン子爵の腕をとった。「人いきれでくらくらしていたところです」

金糸で縁取られた濃紺のカーテン、古代ギリシャふうの彫像、きらきらと輝く巨大なシャンデリア――広々としたメイン・ホールは、ハザード・ルームよりはるかに居心地が良かった。客の数もずいぶん少ない。奥の壁に沿って置かれたテーブルには、軽食を盛った大皿が並んでいる。そちらへ向かいながら、ヌニートン子爵はベアトリスに言った。

「残念だが、レディ・アバクロンビーの言ったような〝おいしい軽食〟は期待しないほうがいい。ゆですぎの肉や野菜、プディングしかないから、よほど空腹でないかぎりはやめておいたほうがいいな。こうした賭博場というのは食事を楽しむためではなく、お金を落とすために来るところだからね」

ベアトリスはにっこり笑って、全然お腹はすいていないと答えた。レディ・アバクロンビーのお屋敷に行く前に、自宅でディナーを済ませていたからだ。ベアトリスを招待するカードがレディ・アバクロンビーから届いたとき、詳細が書いていないこともあり、ヴェラ叔母さんはずいぶん怪しんだようだが、結局は承諾した。ハイドクレア家の今夜の予定は、読書やトランプを家族で楽しむぐらいで、ベアトリスがいなくても困るわけではないからだ。

「それは良かった。だったらしばらく静かな場所で話そうか。きみがなぜこんな場違いのところにいるのか理由を聞かせてもらわないと。レディ・アバクロンビーからは、何か大事な任務を果たすためだと聞いたが」ベアトリスの顔をしげしげとながめた。「今夜のきみはとても生き生きとして魅力的だな。その青いドレスのせいか、それともその大事な任務のせいなのか」

ベアトリスは笑顔になったが、彼のハンサムな顔――すっきりと短く整えられた髪、あたたかなブラウンの瞳、形のいい唇――を見つめ、厳かな表情を作った。「前にもお話ししたではありませんか。お世辞はなしにしていただかないと、今後はおつきあいできませんと」

ヌニートン子爵はベアトリスに椅子を勧め、彼女が座るのを待ってから自分も腰をおろした。

「ミス・ハイドクレア。ぼくはきみと単なる知人としてつきあいたいんじゃない。それならうわべだけのお世辞でも何でも言うさ。だが求めているのは親しい友人としてのつきあいだ。だから心にもないことは絶対に言わない」そこでにやりと笑った。「だってオトレーの事件の詳細を単なる知人には教えないが、親しい友人になら教えてくれるだろう？」

なるほど。おそらく事件の詳細うんぬんは口実で、いたずらっぽい表情の裏には、彼女と本当に友人になりたいとの思いがあるのだろう。ベアトリスは満面の笑みを浮かべた。「いやだわ、子爵さまったら！」

ヌニートン子爵もほほ笑み返し、ベアトリスはとても不思議な気持ちになった。湖水地方のハウスパーティでは終始退屈そうにしていた彼が、今はこんなにもユーモアにあふれた魅力的な紳士に思えるなんて。彼ともし友人になれるなら、その関係をぜひとも楽しみたいと思った。

するとそのとき、ケスグレイブ公爵がヌニートン子爵を呼ぶ声がして、ベアトリスは青くなった。もちろん何もやましいことはしていないが。

それでも今の状況が彼にどう見えるかを考えると、鼓動が激しくなった。んもう。なんでこのタイミングで現れるわけ？

「やあ、ヌニートン」公爵の口調はとても感じがよく、機嫌もよさそうだった。「こんなところできみに会うとはおどろいたな。叔父上と一緒にオペラに行っているものとばかり」

「そうなんだ。これから向かうところなんだが」ヌニートン子爵が言った。「その前に、あるレディにボディガードを頼まれてね」

「ああ、なるほど」公爵はうなずいてから、ベアトリスに視線を向けた。一瞬ではあったが、瞳の中の激しい怒りは見逃しようがなかった。ただ口調はやわらかなままだ。「きみは本当にやさしいな。ぼくも見習わなくては」

「いや、そんなんじゃないんだ」ヌニートン子爵はあわてて否定し、ベアトリスも、彼の言ったレディとは自分ではないと言おうとした。だが口を開く前に、レディ・アバクロンビーがモゥブレイ卿を連れて現れ、公爵に声をかけた。

「まあ、公爵さまではありませんか。おどろきましたわ。ここはあなたが足しげく通うような場所とは思いませんでしたから。そうよねえ、ミス・ハイドクレア。まさかここで公爵さまとお会いするとは思わなかったでしょ？」ひどく失望しているようだ。

ベアトリスは、レディ・アバクロンビーが勘違いをしているとすぐに気づいた。公爵の関心をひく最後の手段として、ベアトリスが彼をここに呼んだと思っている。そして、そんなことをしても心の傷が深くなるだけだといさめているのだろう。

「もちろんです！」必要以上にきっぱりと言って、いわれのない罪を晴らそうとした。「公爵さまがこんな店にいらっしゃるなんてわたしもびっくりしました。ヌニートン子爵だけでもおどろきましたのに。今夜お会いするつもりだったのはあなただけですもの」

「それと、モゥブレイ卿よね」レディ・アバクロンビーは、横に立っているだらしない格好の紳士に視線を移した。彼はほっそりした中背の紳士で、青い目はどんよりと曇っている。

「ご一緒にクリベッジ（カードゲームの一種）をしませんかとお誘いしたの。個室を用意させたから、ミス・ハイドクレアも来てちょうだい。ヌニートン子爵もぜひ」それから公爵に顔を向けた。「お会いできてうれしかったわ。また近いうちにゆっくりお話ししましょう」

するとと公爵は平然とした顔で言った。

「いや、ヌニートンは叔父上が待っているコベントガーデンに急いだほうがいい。オペラの幕が上がるのは待ってくれないからね。代わりにぼくがレディたちとのクリベッジにつきあおう」

レディ・アバクロンビーはこの展開にとまどっていたが、それでも公爵に礼を言ったあとで、その好意をはねつけた。

「公爵さま、どうぞお気遣いなく。あの序曲はとんでもなく退屈ですから、聴き逃してもかまわないでしょう。ヌニートン子爵、こちらへどうぞ」

「『フィガロの結婚』の序曲はわずか六分半ですよ」公爵が指摘した。「それに実にすばらしい曲だ。聴き逃したら絶対に後悔する。ヌニートン、ここはぼくに任せてきみは行きたまえ」

ベアトリスはぽかんと口を開け、ふたりの言い争いをながめていた。モゥブレイ卿から話を聞き出す場に誰が加わるかで、どうしてこのふたりがもめるのだろう。そもそもレディ・アバクロンビーは、今回の作戦の目的を詳しくは知らないまま、同行をこころよく引き受けてくれたのだ。それなのにこんなに必死になってくれるなんて。ヌニートン子爵のほうは、自分のオペラ鑑賞について熱く議論するふたりを静観していたが、ベアトリスと同様に感じているらしく、彼女と目を合わせて愉快そうにほほ笑んだ。

とそのとき、モゥブレイ卿が大声を上げた。

「ばからしい、もういいですよ。ぼくは遠慮しますから。実を言うとクリベッジはあまり好きじゃないんです。やっているうちに頭がいたくなってくる。さいころを使うゲームのほうがいい。さいころを投げて、さあ何が出るか、勝つか負けるかっていう」

ベアトリスはあわてて言った。

「でしたら、そういうゲームをやりましょう。でもその前に、ほんの数分でいいのでお話がしたいのです。個室も取ってありますし。そうだわ、ポートワインをいかがですか？　ヌニートン子爵が取りにいってくださいますわ」

「ぼくがね。なるほど」ヌニートン子爵は苦笑いを浮かべたあとで言った。「なんだかいやな予感がするな。レイクビュー・ホールのときみたいに、おもしろい話を聞き逃してしまうような。ミス・ハイドクレア、これだけは忘れないでくれよ。あのときの話はもちろん、今回の話もあとから必ず教えてくれ」

レディ・アバクロンビーは目をぱちくりさせ、ヌニートン子爵からベアトリス、そして公爵へと視線を移し、最後にまたヌニートン子爵に顔を向けた。

「レイクビュー・ホールですって？　そこでいったい何があったの？」

ヌニートン子爵は肩をすくめた。「いや、ぼくもそれがぜひ知りたいんですよ。このふたりは絶対に詳細を教えてくれないんです。あなたがもしうまく聞き出したら、ぼくにもぜひ教えてください」

彼が楽しそうに立ち去ると、レディ・アバクロンビーはベアトリスに向かって目をすがめた。

「あなたはわたしの指導を受ける立場なのだから、何でもつつみかくさず話してくれなければ。そうでないと、いくらわたしでも最高の結果を生み出すことはできませんよ。わかりましたね」

ベアトリスは笑いをこらえていた。別に指導を受ける立場ではないのだが、今はそんなことで議論している場合ではない。「はい。お心遣い感謝いたします」

モゥブレイ卿は酔っぱらっていたせいで、目の前のおかしなやりとりに面食らうこともなく、何か意味不明なことをつぶやいてから、失礼しますと言って立ち去ろうとした。けれどもレディ・アバクロンビーがその腕をむんずとつかんだ。

「わたくしに恥をかかせるおつもりですか。さあ、個室にまいりましょう」

レディ・アバクロンビーとモゥブレイ卿が歩きはじめたとたん、ベアトリスは怒りを押し殺した声で公爵に言った。

「どうしてわたしを信用してくださらないんですか」

すると公爵は目を丸くした。

「おどろいたな、ベア。この状況できみのほうが憤慨するとは。きみはこの店に足を踏み入れた瞬間、優位な立場を放棄したんだよ」

ベアトリスが気後れすることはなかった。

「わたしがヌニートン子爵と一緒にここに来たとお考えなんでしょう。約束したのにどういうことだと。否定できるならどうぞしてください」

「だってそう考えるしかないだろう。店に入ったら、隅の方できみたちふたりがこそこそ話していたのだから」

「わたしは約束をやぶったりしません。信用していただかないと。わたしたちはパートトナーじゃありませんか。ヌニートン子爵をお誘いしたのは、レディ・アバクロンビーなんです」

彼女の説明は信用してくれの一点張りで、公爵が納得できるものではない。彼はいらだちを隠そうともせずに尋ねた。

「なぜレディ・アバクロンビーは彼を誘ったんだ?」

「それは……彼女のリストに載っているからです」

「リスト? いったい何のリストだ?」

「わたしの花婿候補のです。レディ・アバクロンビーは母と親しかったそうで、わたしを何とか結婚させようと決意しているんです。ヴェラ叔母さんに親友の娘を託してしまった罪滅ぼしだと」あわてて付け加えた。「あっ、でも今はそんなことはどうでもいいんです。問題は、わたしがきちんと約束を守ったのに公爵さまが信じてくださらないことです。レディ・アバクロンビーについては明言はしませんでしたし、実は初めから彼女にお願いするつもりだったんですが」

だが公爵の耳には、約束が何だかんだという部分はほとんど入ってこなかった。

ヌニートン子爵もふくめ、ベアトリスが誰かと結婚する可能性があると聞き、愕然としていたからだ。穴のあくほど公爵に顔を見つめられ、ベアトリスは悔しいような恥ずかしいような気分で顔を真っ赤にした。そのとき、レディ・アバクロンビーが彼女を呼んだ。

「ミス・ハイドクレア、早くいらっしゃい。わたしを待たせるなんて、お母さまがいらしたらお怒りになるはずよ。彼女はいつだって時間を無駄にしない人だったもの。さあ、モゥブレイ卿に訊きたいことをきちんと訊きなさい。わたしがあなたのお目付け役であることを誇りに思うようにてきぱきとね」

「今すぐ参ります」ベアトリスは公爵に背を向け、個室に向かった。

公爵も続いて中に入ると、モゥブレイ卿は一瞬あとずさったあと、狭い部屋のなかを落ち着きなく歩きはじめた。その様子を見ながら、ベアトリスは確信を強めた。やっぱり彼が犯人だわ。いかにも怪しいもの。あとは問い詰めて白状させるだけね。

不安をあおるため、しばらく黙って彼を見つめたあと、ベアトリスは言った。

「ウィルソンさんに贈った嗅ぎたばこ入れについて話してください」

ところがまったく同じタイミングで、モゥブレイ卿が口を開いた。動揺が頂点に達し、これ以上は耐えられないと思ったらしい。

「閣下。お恥ずかしい話ですが、閣下にいくら借りがあるのか思い出せないのです。どんなに頭をしぼってもまったく思い出せません。莫大な額なのでしょうか。そもそもご一緒に賭け事をした記憶もないのです。マスグローブの屋敷でしたか？　サマセットにある彼の狩猟小屋で？　あのとき三人目は閣下ではなくクオーンだったと思うのですが。ほら、口ひげの濃い。でも赤ワインを相当飲んでいたから、もしかして閣下の口の上についたソースと口ひげを間違えたのかもしれない。ガチョウのソースはとても濃厚で……ああ、あのソースはうまかったな。うん、あのソースは最高だった」頭を振り、声を張り上げた。「ああ、わかりました。クオーンはぼくに五百ポンドほど借りがあるのに返していない。そしてぼくが閣下に――」

「モゥブレイ卿！」さえぎったのはベアトリスだった。彼のとりとめのない話を公爵が止めてくれると思ったのに、ただ愉快そうにしているからだ。「あなたは公爵さまに何の借りもありません」

モゥブレイ卿は心からホッとしたのか、大きくため息をついたが、すぐに不安そうに尋ねた。「ということは、きみに借金をしているのかな。でもきみがあの狩猟小屋にいたはずはないが。やっぱり三人目はクオーンだったと思うんだ。口ひげの濃い、いやみな男だ。だがやはりきみが――」

「わたしも何もお貸ししていません」また無意味な話を聞かされるのを恐れ、ベアトリスはきっぱりと否定し、彼の視線がレディ・アバクロンビーに移ると、それもすぐに否定した。

「わたしたちがここにいるのは、お金を返してほしいからではありません。あなたがウィルソンさんに贈った嗅ぎたばこ入れについて教えてほしいだけです」

モゥブレイ卿がきょとんとした。「ウィルソンだって？」

「はい。チャールズ・ウィルソンさんです。彼とインドで取引をなさったでしょう」

モゥブレイ卿は何度かウィルソンの名前をつぶやいたあと、ハッと目を輝かせた。

「ああ、チャーリーのことか！　うん、思い出した。すごくいいやつだったよ。でもなぜそんなことを訊くんだい。もうけはきちんと二等分したから、あの取引は何も問題はなかったはずだ。もちろん事務手続きやらの手数料は差し引いたあとだが、あれは当然のもので、しかもたいした額ではなかった。あれ？　ぼくは閣下にいくら借りがあるんでしたっけ」

公爵がベアトリスに向かって得意そうに眉をつりあげた。酔っ払いから情報を聞き出そうとしても無駄だと言いたいのだろう。

だがベアトリスはそうは思わなかった。酔った勢いで、何か真実を口走るにちがいない。〝酒に真実あり〟（ラテン語の格言で、酒に酔えば本音を表すという意味）というではないか。

「モゥブレイ卿、あなたは立派で誠実な紳士として知られています。もしインドでの非道な取引について社交界で噂が広まったら、大変なことになりませんか」

伯爵は即座に顔をゆがめた。

「ばかを言うな！　何を証拠に非道などと。ぼくはつねに誠意をもって取引していた。さっきも言ったとおり、必要経費を差し引いたあとで、ウィルソンと利益を折半したんだ。まったく問題はない。そういや、最近ボクシングにはまっていてね。あの元チャンピオンのジャクソンみたいになりたいと思っているんだよ。閣下、どう思いますか？　クオーンは無理だと言っていますがね。こんなひょろひょろじゃあ無理だと」

ベアトリスは怒りで脳みそが爆発しそうだった。酔っ払いの頭をすっきりさせる方法はないのだろうか。お茶を一杯飲ませるか、足を思いきり踏んでやるか、耳元で大声で叫んでみるか。それにしても、嗅ぎたばこ入れの件を出してもまるで動揺していないのが気になる。

「でもウィルソンさんとの取引は公明正大とは言えなかったのでは？」もう一押ししてみた。「彼から情報を手に入れたあなたは、それを自分が発見したとして上司に伝えた」

「ああ、そうだよ」モゥブレイ卿は投げやりな調子で言った。「会社に利益をもたらす情報を上司に報告するのがぼくの仕事だった。なぜそんな話を持ち出すんだ？ぼくが不正な行為をしたとでもウィルソンが言いだしたのかい。いや、そんなはずはない。彼と話をさせてもらおう。うん、それがいい。ぼくの魔除け（タリスマン・リング）の指輪のことも訊きたかったんだ。彼と会った直後になくしてしまってね。だがしばらくして爵位を相続すると決まったから、あの指輪は逆に機能していたということか。不運ではなく幸運を遠ざけていたと。それともどこか壊れていたんだろうか。閣下、どうお考えになりますか」

公爵は苦笑いをしており、レディ・アバクロンビーでさえクスクスと笑った。だがベアトリスはそんなふたりをにらみつけた。おもしろがっているだけでは何も進まない。

ウィルソン氏が亡くなったとモゥブレイ卿に教えれば、彼を酩酊状態から救えるだろうか。それともさらに混乱して、インドの葬儀のことなど話しはじめるかもしれない。

それにしても、酔っぱらうだけでここまでおかしくなるだろうか。そこでハッと気づいた。彼はもしかして、殺人の追及を逃れるために理性を失っているふりをしているのかもしれない。

そうであれば不意を突いて、彼の裏をかいてやればいい。

「ヌクス・ヴォミカはどこで手に入れたのですか?」

するとモゥブレイ卿はさっと青ざめ、ベアトリスをにらみつけた。やっぱり。彼は明らかに、自分が使った毒物を誰かに気づかれたとは思っていなかったし、ましてや賭博場ではもちろん、イギリスの地でその名前を耳にするとは思ってもみなかったのだ。

おそらく何の話かわからないふりをするだろう。

ところが予想ははずれ、いきなり訳のわからない言葉で彼女を罵倒しはじめた。

ベアトリスは呆然としていたが、しばらくして公爵に視線を移した。彼はにやにや笑いながら、彼女の困惑に応えた。

「きみがラテン語が苦手とは知らなかったな。モゥブレイはね、きみのたくらみにはひっかからないぞと言ったんだ」

「たくらみですって？」

「彼はどうやら、きみがラテン語を使って自分を翻弄しようとしたと思ったらしい。それで仕返しをしたのだろう」

ベアトリスは怒りに震えた。彼はすぐれた知性の持ち主なのに、頭のまわらない酔っ払いのふりをしていたのだ。

文句をつけようとしたとき、モゥブレイ卿が声を張り上げた。

「もうきみの質問に答える気はない。理由はわからないが、ぼくに恥をかかせるためにこんなことを。きっとクオーンが関わっているんだな。閣下、こんなことに関わるのはおやめになったほうがよろしいかと。それと」レディ・アバクロンビーに向き直った。「あなたもです。ご一緒できたのは光栄でしたが、なぜこんな地味で失礼きわまる娘と親しくしておられるのです。それにしても、ポートワインはいつ出てくるのでしょう」

そのときドアが開いて、ポートワインのグラスを手にヌニートン子爵が現れた。

「ああ、ここだったか。ずいぶん待たせてしまった。この部屋がなかなか見つけられなくてね」

モゥブレイ卿は礼を言ってワインを受け取ると、公爵とレディ・アバクロンビーにお辞儀をして部屋を出ていった。

彼が立ち去ると、すぐにヌニートン子爵がベアトリスに言った。

「ドアの向こうで少し話は聞かせてもらったが、何がなんだかさっぱりわからなかったな。まあ、レイクビュー・ホールの事件と一緒に、いつか全部説明してくれるのを楽しみにしているよ」

「あら、いつも淡々(ノンシャラン)とされている子爵さまですのに。そんな興味津々というお顔を見られたら、ゴシップ好きの方々にお仲間にひっぱりこまれてしまいますよ」

「うわっ、そいつは大変だ」ヌニートン子爵が大げさに身震いしてみせた。

すると公爵が近づいてきて、彼に告げた。

「もうとっくにオペラの幕は上がっているぞ」

「ああ、序曲は終わってしまっただろうな。叔父が心配しているだろうからそろそろ行かなくては。ケスグレイブ、レディたちを安全に馬車までお送りしてくれよ。頼んだぞ」

公爵がうなずく横で、レディ・アバクロンビーがヌニートン子爵に言った。

「今夜は無理を聞いてくださってありがとうございました」

「いやいや、付き添いのご依頼をいただいて大変光栄でした。またいつでもどうぞ」

彼が出ていくと、ベアトリスはレディ・アバクロンビーに礼を言った。

「お力をお貸しいただき感謝しております。おかげさまでかなりの収穫がありました」

「収穫があった？」公爵が皮肉っぽく言った。「モゥブレイは終始、訳のわからないことを言っていたじゃないか。いいかい、ティリー。ぼくはミス・ハイドクレアに警告しておいたんだよ。酔っ払いと話したところで何の成果も上げられないとね」

「結果はどうだったの?」レディ・アバクロンビーが尋ねた。

ベアトリスは公爵のにやついた顔にむっとしながらも、冷静に言った。

「おそれながら、わたしは公爵さまとはちがい、有意義な情報をたくさん聞き出せて満足しております。ですから、もうここには用はありません」

公爵はレディたちを馬車まで送っていったが、その間ずっと、レディ・アバクロンビーとふたりだけでしゃべり続けた。彼女を大げさにほめたたえたり、軽薄な調子で自分たちだけが知っている友人の噂話をしたり。ちょうど、レディ・アバクロンビーの屋敷をベアトリスと初めて訪ねたときと同じように。あのときベアトリスは、いかにも社交界の遊び人のような彼の様子にひどく幻滅したものだ。だが今は何も感じなかった。あのときとはちがい、レディ・ヴィクトリアが登場した今は、今回の事件が解決したら公爵とは関係を絶つつもりでいるからだ。

決意が固まったところで、モゥブレイ卿のことを考えてみた。彼は自分がいかに愚かであるかを彼女に思いこませようとしたが、ウィルソン氏の名前を聞いて彼女の目的に気づき、なんとかして出し抜いてやろうと考えたのだろう。聡明な公爵がなぜそれに気づかなかったのか。彼の醜態をながめて楽しむのに忙しく、それがずるがしこい演技であると見抜けなかったのだろうか。

でもわたしはちがう。ベアトリスは誰にともなくにやりとした。

このベアトリス・ハイドクレアは、本当の意味での〝中身のないおしゃべり〟というのをよく知っている。人生の大半をヴェラ叔母さんと共に過ごしてきたのだから。モゥブレイ卿の〝たわごと〟など、叔母さんの足元にも及ばない。彼は話題がつぎからつぎへとちがう方向に飛び、支離滅裂だったが、本物の〝無駄話〟とは、同じ話題をああでもないこうでもないと話し続ける。ある意味で一本筋がとおっているのだ。

モゥブレイ卿は、インドにいた経歴から特に怪しいとは思っていたが、今回の言動から一気に容疑者リストのトップに躍り出た。できれば彼の屋敷を調べ、毒物そのものや、嗅ぎたばこ入れの領収書など、決定的な証拠を見つけたいけれど。

明日、トーントン卿と会ったあとに公爵にこの件を提案してみよう。貴族の屋敷に忍び込むことに反対されたら、自分ひとりでやってもいい。

レディ・アバクロンビーの馬車まで来ると、公爵はふたりのレディに別れを告げた。「おやすみなさい。道中お気をつけて」彼がそう言って帽子に手をかけたとき、ベアトリスはわざとらしく咳をして彼の目をじっと見つめ、それに気づいた公爵が小さくうなずいた。

そのやりとりを見ていたレディ・アバクロンビーは、馬車が動きだすとすぐに言った。

「以前聞かされていたのは作り話だったのね。ほら、ファゼリー卿を刺したナイフのこと。あれを叔父さまへの贈り物にすると聞かされたけど、本当はあの事件を調べるためだったんでしょう？　その前の事件と同じように。あの殺されたスパイス商人の名前はなんだったかしら。オスラー？　オルセン？」

「オトレーさんです」

「そう、オトレーだわ」レディ・アバクロンビーはうなずいた。「ヌニートン子爵がレイクビュー・ホールの話を出すまで、あなたもあのハウスパーティに参加していたとは知らなかった。あれは本当にひどい事件だったわね。でも殺人事件にまではならなくても、たいていのハウスパーティでは何かしら問題が起きるものよ。不思議なんだけど、いつだってまがまがしい雰囲気が漂っている感じなの」

レディ・アバクロンビーを頭がからっぽな美女だとは思っていなかったが、ここまで深い推理力があるとは思わなかった。ヌニートン子爵のひと言からここまで見抜くとは。

彼女のおどろいた様子を見て、レディ・アバクロンビーはころころと笑った。

「わたしはおばかさんじゃないのよ。あなたのお母さまの親友を見くびらないで」それから真顔になった。「これまでの話からして、ウィルソンという男性は殺されたようね。モゥブレイ卿を疑っているの？　ケスグレイブもこの件に関わっているようだけど」顎に手を当て、考え込むようにして続けた。「それと、あなたにはすっかりだまされたわ。社交シーズンが始まるたびに、新たに公爵に夢中になる何十人もの愚かなデビュタントと同じだと思いこまされていた。でもそうじゃない。あなたたちには何か通じるものがある。絆というのかしら。ふたりの人生に、重なる部分は何一つないのに」

返事を求められてはいなかったが、ベアトリスは言わずにはいられなかった。

「それはよくわかっています」つい不機嫌そうな口調になってしまった。

ほの暗い馬車のなかで、レディ・アバクロンビーがほほ笑んだ。

「あなたを非難したわけじゃないの。公爵に怒っているのよ。彼はレディ・ヴィクトリアを妻に迎えるつもりなんでしょう。彼女は甘やかされて育ったし、頭のほうはかなり残念だけど、家柄も美しさも申し分ないから。それなのに公爵はあなたにも惹かれている。あなたはそんな派手なドレスを着ていても華やかな容姿とは言えない。だけど聡明なのはもちろん、すごく生き生きとして、何ものにも屈服しない強さを感じる。それが彼の目には新鮮で、ついかまいたくなるのでしょう。これではあなたも彼への想いを断ち切れないわね。わたしもどうアドバイスすればいいのかわからなくて、本当に申し訳ないわ。あなたのお母さまだったらいい考えを思いついたでしょうけど」

しょんぼりしている彼女を慰めようとして、そのばかばかしさにベアトリスは笑ってしまった。

「いいえ、ありがとうございます。ここしばらく、ああでもないこうでもないと悩んでいました。わたしが感じている公爵さまとの絆は本物なのか、それとも一方的なものなのかと。でも今のお考えを聞いて、勝手に思いこんでいたわけではないとわかりました。もうだいじょうぶです。今回の事件が解決したら、公爵さまとふたりで行動するようなおつきあいは終わりにするつもりです。これ以上一緒に過ごしたら、つらい思いをするだけですから」

「わかったわ。わたしは失恋というのは大事な経験だと思っているの。だから今は何も言わないわ」それからにっこりとほほ笑んだ。「それじゃあ、わたしの作ったリストで進めていきましょう。良さそうな紳士は何人かいるけれど、ヌニートン子爵は見込みがあるんじゃない？　彼はあなたと話しているときによく笑うでしょう。これまで長い間見てきて、あの人が女性の言葉に心から笑うのはめったに見たことがないもの」

「今夜はこころよくおつきあいいただいて本当に感謝しております。だから花婿候補のリストについて、今はあえて抗議はしません」ベアトリスもほほ笑み返した。

「あら、結局はリストを作ってもらって良かったと思うはずよ。わたしはあきらめませんからね」それからベアトリスの瞳をのぞきこんだ。「話は変わるけど、あなたの〝調査〟について一つ教えて。そういう事件はどこからか依頼されるの？」

ベアトリスは適当に言葉をにごした。殺人事件に興味を持つなんて不道徳なことはやめなさいと非難されるに決まっている。「たまたまです。今後はもうないでしょうし」

「いいえ、結構あるかもしれないわよ。探偵みたいで格好いいわ」

犯罪の調査に、この華やかな美女が興味を持つとは思えない。

「でも殺人事件って気味が悪いですよね。死体を調べるとか、そういうのは生理的に無理ではありませんか？」

「あら、そんなこと。わたしはいつだって生気のない男たちを相手に、無理をして楽しそうに笑っているのよ」レディ・アバクロンビーが顔をしかめたので、ベアトリスはクスクスと笑った。「女性は誰でも趣味を持つべきなの。そうしないと退屈で死にそうになってしまうから。わたしが居間を東洋ふうに飾り立てたのはどうしてだと思う？　竹製の椅子の脚の太さについて職人たちと議論をするのが楽しいから？」自嘲気味に笑った。「それもあるけれど、何か楽しい企画をするのが好きなの。構想を練って、一つ一つ詳細をつめ、最終的に全体が完成するまでを楽しんでいるのよ。初めはエセックスの屋敷を、つぎはロンドンのタウンハウスを隅から隅まで飾り立てた。でもそれだけでは満足できず、友人の屋敷を丸ごと任せてもらったわ。うちの居間が装飾過剰だと思うなら、気の毒なレディ・マーシャルの家を見てごらんなさい。まるでアフリカの村に迷い込んだかと思うわよ。費用は全部持つからと言って好きなようにやらせてもらったの。だからね、あなたの趣味はわたしのよりはちょっとおぞましいけれど、別にいいんじゃないかしら。資金は必要ないわけだし」

ベアトリスは恥ずかしさに頬が赤くなった。初めてレディ・アバクロンビーに会いに行き、ごてごてした東洋ふうの居間に足を踏み入れたとき、彼女は虚栄心が強く、注目されるのが大好きな浅はかな女性だと見下していたからだ。だが実は教養があり、自分なりの考えを持っていて、それはとびきりの美貌よりもはるかにすばらしいし、何よりも、他者の生き方を受け入れる心の広さに感動していた。

だがレディ・アバクロンビーは、ベアトリスのとまどいに気づいていないようだ。

「ちょっと。あなたはまだ、わたしの質問に答えていないわよ。ねえ、事件は友人や親戚から持ち込まれるの？　ヴェラ・ハイドクレアみたいな口うるさい人間が目を光らせていたら不可能だと思うけど。実はね、わたしもぜひ相談したい件があるの」

ベアトリスには予想外の展開だったが、もはや彼女の言うことにはおどろかないようになっていたので、ためらうことなくうなずいた。それに今回の事件を解決したら、またつぎの事件にとりかかりたいと思っていた。こうした気晴らしがなければ、公爵のことばかり考えてしまうだろうから。

「今調査している事件は偶然依頼されたものです。あの、ご相談の件ですが、被害者はどなたか訊いてもよろしいですか」

「それは今の事件が終わってからにしましょう。わたしの相談のせいで集中できなくなってもいけないから。それまで余計なことは考えないほうがいいわ」

「はい。わかりました」ベアトリスはすぐにうなずいた。だが〝考えるな〟と言われれば言われるほど考えてしまうものだ。それに奇妙なのは、ぜひ調べてほしいというわりには、ちっとも急いでいない、つまり緊急性がないようだ。被害者の死体は腐敗が進まないようにワインセラーに置いてあるのだろうか。それとも被害者は行方不明だとか？

レディ・アバクロンビーは自分が作った花婿候補のリストを開き、ポートマン・スクエアに着くまで候補者たちを検討することに費やした。

彼女がリストを読み上げるのを黙って聞きながら、ベアトリスは迷っていた。自分をはずかしめるような計画に従うつもりはないとはっきり言うべきだろうか。行き遅れとはいっても今までは存在をほとんど知られていないため、恥ずかしさを感じることもなかった。だがレディ・アバクロンビーに連れまわされたらそうはいかない。

そのいっぽうで、わざわざ抗議するまでもないように思われた。いくらレディ・アバクロンビーにせっつかれたとしても、リスト上の紳士たちはベアトリスを拒否するに決まっている。ヌニートン子爵やデイヴィッドソン卿などの大物は別にして、ほとんどはミドルクラスの堅実な家庭の次男や三男だが、経済的にもしっかりしており、おおむね妥当な人選で、さすがは現実的なレディ・アバクロンビーだと感心させられた。とはいえ、彼らにも選択の自由はあるわけで、おそらく妻には知性よりも美貌を求めるはずだ。ケスグレイブ公爵と同じように。

ベアトリスは、公爵をからかうのが楽しかったことを思い出しながら、あんなふうに日々妻に挑んでこられたら、たしかに夫は安らげないだろうと思った。

レディ・アバクロンビーは、リストに載せた紳士たちを選んだ理由を一つ一つ説明している。デイヴィッドソン卿は、彼より裕福な紳士を求める美女に裏切られたとか、ウォーカー氏は勉強家で、思慮深い会話を好むとか。

ベアトリスはおとなしく聞いていた。難癖をつけてレディ・アバクロンビーを困らせることはない。これも彼女の趣味である〝楽しい企画〟の一つだ。滑稽な結果に終わるだろうが、思う存分やってもらえばいい。最後に大笑いしてすっきりすれば、彼女につきあったかいも少しはあろうというものだ。

三十分後、ベアトリスは叔母さんとフローラに、その夜の外出のことを話していた。レディ・アバクロンビーと彼女の友人ふたり（ありがたいことに名前は訊かれなかった）と一緒に賭け事を楽しんだと。叔母さんはひどく動揺してお説教を始めた。「ギャンブルだなんて。やっぱりハイドクレア家の悪い血が流れているのね」ホーレス叔父さんだってたびたび賭博場に出入りしているのに、なぜ姪っ子となると〝悪い血〟になるのだろう。ベアトリスはおもしろくなかったが、お説教はとつぜんとぎれ、叔母さんはベアトリスの着ている見慣れないドレスに目を留めた。

「まあ、レディ・アバクロンビーからお借りしたのね」上質なシルクに目をみはっている。「これほど高価なドレスをどうして。待って。自分のドレスはどうしたの。まさか焦がしてしまったとか？　とにかく早く着替えてきなさい。汚しても弁償するお金はないのだから」

そうやって急き立てておきながら、どれほどだいそれたことをしてきたかとふたたび説教をはじめた。結局ベアトリスが自分の部屋に戻ったのは、二十分以上も経ってからのことだった。

13

第六代トーントン侯爵は弁護士のライト氏をあまり気に入らないようだった。だがどうやら、助手の男についてはそれ以上に気に入らないようだった。しかたがない。この助手は自分の立場を忘れることが多く、今このときも「ええと、いいかな」などと言ってその場を仕切ろうとしたため、ベアトリスはあわてて彼の言葉をさえぎり、トーントン卿に謝罪した。

「大変失礼いたしました。この者は身分の高い方とのおつきあいがめったにないものでして」

ベアトリスは公爵に鋭い視線を送りながらも、胸をなでおろした。彼が特徴ある深いバリトンの声色のままで話したのに、トーントン卿がまったく気づかなかったからだ。

「やはり事務所に残してくるべきでした。どうぞお許しください。お時間はとらせませんので、ぜひお話をさせていただきたいのですが」

ベアトリスは沈痛な表情を浮かべるのは得意だった。これまでヴェラ叔母さんに謝り続けてきた長い年月の賜物だ。その横に立つケスグレイブ公爵は、自分の執事スティーブンスから借りたというグレーのスーツに身を包み、ライト氏の眼鏡を鼻にひっかけてはいるが、あいかわらず堂々として存在感がありすぎる。しかも背筋を伸ばして胸をはっているため、背の高さがさらに際立っている。ベアトリスは唇をかんだ。いったいこの人の辞書には、〝卑屈〟という文字はないのかしら。

冗談ではなく、そうとしか思えなかった。

二十分前、馬車に乗り込んだ瞬間から不安はあった。借り物の質素な服を着ていても、妙に威厳があるのだ。

「〝立派な人〟に見えてはいけません。もっとぱっとしない、さえない感じにしなければ」

「なるほど。それもそうだ」

公爵はさっそく髪をくしゃくしゃに乱してクラバットをくずし、ズボンの裾に馬車の床の汚れをこすりつけた。

その努力には感心したが、鼻の下の巨大な付けひげ――自毛のブロンドよりも濃い色のせいでいかにも不自然だ――に半分ほど覆われた彼の顔は、どう見ても裕福な貴族の御曹司としか思えない。

トーントン卿のしかめつらを見て、ベアトリスは不安になった。せっかくの聞き込みの機会を、公爵の高貴な存在感が台無しにするのではないか。いっぽう当の公爵は、非難されたことで気分を害したものの、あわてて背中を丸め、視線を落として床をじっと見つめた。

だがそこまで心配する必要はなかったようだ。トーントン卿はため息をついたあと、短い時間ならばとうなずき、ふたりを書斎に招き入れて椅子を勧めた。彼は百八十センチはゆうに超える長身だから、公爵の背の高さをうとましく思わないのだろう。礼儀知らずの助手を見上げるような形になったらこうはいかなかったはずだ。

「チャールズ・ウィルソンの代理で来たと言ったね。以前、我が家の執事だった男のことかな？」

「はい。そのとおりでございます」ベアトリスが答えた。膝の上の茶色いかばんには、古い領収書や本からちぎり取ったページが詰まっている。書類や契約書を持ち歩く弁護士のように見せるためだ。

「ですが残念ながら、ウィルソン氏が重大な不幸に見舞われたことをご報告しなければいけません」

トーントン卿は目を見開いた。黒い髪とオリーブ色の肌は暗い印象を与えるが、瞳だけは明るいブラウンだ。「重大な不幸だって？」

「はい」ベアトリスは神妙な顔で相手を見つめた。「この木曜日に亡くなられました」

トーントン卿はおどろいたはずだが、顔には出さなかった。

「そうか。それはびっくりした。今週の初めに会ったときにはとても元気そうに見えたのだが。体調が悪いとも言っていなかった。それどころか、郊外に農地を買ったとはりきっていたのに。事故にでも遭ったのか？」

この尊大な侯爵が以前の使用人とたびたび会っているとは思わなかったが、客として迎えることもごくたまにならあるだろう。

「事故ではありません。死因は消化器系のものでして。本当に残念なことでした」

「消化器系？」トーントン卿は繰り返し、顎をこすりながら言った。「なるほど。あの劣悪な衛生環境のインドで二年も暮らしたのだから、それはありうるな。赴任すると聞いたときは、あんなひどい国に行くなと忠告したんだ。だがチャールズは聞く耳を持たなかった。彼は昔から言われたことの反対をするやつでね。ああ、年が近くて一緒に育ったようなものだから、彼のことはよくわかっているんだ」遠い目をしながら続けた。「それでも、ノーフォークの屋敷では使用人としていい仕事をしてくれた。長く仕えてくれた父親のあとを継いでね。彼の働きぶりは先代も高く評価していたが、オトレーの誘いにのってロンドンに出たんだ。都会に憧れていたのだろうが、まさかインドに送られるとは思わなかっただろう。亡くなったとは実に残念だ」

思いがけずしんみりと語ったので、ベアトリスは何も言わずに待った。ウィルソン氏と過ごした若いころの日々について話してくれるかもしれない。だがトーントン卿はそれ以上は語らず、問いかけるようにベアトリスを見つめた。訪ねてきた理由を知りたいのだろう。

ベアトリスのほうは、今週の初めにウィルソン氏がこの屋敷を訪ねた理由を知りたかった。だが彼のほうから話すつもりのないことを尋ねるわけにはいかない。そこで予定どおり、自分はウィルソン氏の遺産執行人だと告げ、トーントン卿に遺された品目を記した紙を取り出した。もちろん偽の書類で、朝の紅茶を飲みながら作成したものだ。

「長年仕えた感謝のしるしとして、先代の侯爵さまから贈られた本が二冊。挿絵入りの『妖精女王』と、ジョナサン・スウィフトの『桶物語』です。ウィルソン氏はどちらもとても大切にされていましたが、自分が亡きあとは侯爵家の図書室に返すことを強く希望しておられました。それと、嗅ぎたばこ入れが一つ。ごく最近侯爵さまから贈られた物で」その特徴を確認するかのように書類に視線を落としたが、目の端ではトーントン卿の反応をうかがっていた。「エメラルドグリーンの七宝焼きで、金が埋め込まれています」

トーントン卿はおそらく、ウィルソン氏に贈ったことを認めるか、そんな物はまったく知らないと言い張るかだろう。ところが卿が発したのは予想外の言葉だった。

「なんと。あのたばこ入れが彼のところに?」怒りを隠せない様子で叫んだ。「いったいどこに消えたのかと思っていたんだよ。執事がどこかに置き忘れたのかと、今朝も彼をしかりつけたところだ。手に入れたばかりでとても気に入っていたからね。オックスフォード・ストリートのショーウィンドウで見かけたとたん、どうしても欲しくなったんだ」

どういうこと？　ベアトリスはおどろきのあまり、卿をじっと見つめるばかりだった。

あのたばこ入れはトーントン卿がウィルソン氏に贈った物ではないのか。まさか、ウィルソン氏がこっそり持ち出したのだろうか。

するとケスグレイブ公爵が冷静な声で尋ねた。

「それはつまり、あのたばこ入れを彼にプレゼントしたわけではないと？」

「あの美しい逸品をチャールズに？」トーントン卿は笑いながら首を振り、立ち上がってドアまで行くと、執事を呼んだ。そしてすぐさま現れた執事にこう告げた。

「パーキンス、捜索（ハンティング）は中止だ。あのたばこ入れは、ウィルソンがこの前来たときに間違って持っていったらしい。おまえの不注意ではなかったよ」

執事はこの朗報に喜ぶでもなく、淡々と言った。

「それは大変結構でございました」

トーントン卿は椅子に戻って説明した。「何かなくなったとき、安易に使用人を責めるのはよくないとわかってはいるのだが。ただ十中八九、そういうものだからね」それから笑顔になった。「さっきの質問に答えるとしたらイエスだ。チャールズにあのたばこ入れを与えた覚えはない。彼とは仲がいいが、あんな高価な物をゆずるわけがない。おそらく彼は、うっかり自分のかばんに入れてしまったのだろう。だからわたしに返すようにと書き残したんだな。おそまきながら自分のあやまちに気づいたということか」

「あやまちですか」ベアトリスが抑揚をつけずに繰り返した。いまだに頭が混乱していた。

ウィルソン氏は、あのたばこ入れをうっかり自分のかばんに入れたのか。

うっかり……ということは。

彼は毒殺の標的ではなかったのだ。

ベアトリスはトーントン卿に目をやった。大切な物が戻ってくるとわかってうれしそうにしているから、やはり彼の言ったとおりなのだろう。となると、トーントン卿はもちろんのこと、オトレー夫人や酔っ払いのモゥブレイ卿も潔白ということだ。

ベアトリスは向かいに座るトーントン卿を見ながら、とつぜん青くなった。この紳士は、自分が今回の毒殺の標的だったと知らないのだ。ウィルソン氏の〝うっかり〟のおかげで、運よく死を免れただけなのに。この重大な事実を今すぐ彼に伝えなければいけない。

「トーントン卿、ウィルソン氏の死因はインドにいたこととは関係ありません。あの美しいたばこ入れに毒が仕込まれていたのです」

だがトーントン卿は眉一つ動かさなかった。まったく理解できていないらしい。

「よろしいですか、トーントン卿。毒はあなたのたばこ入れに仕込まれていたのです」もう一押し。「あなたがその毒を吸い込むはずだったのです」

トーントン卿はからかわれていると思ったのか、声を上げて笑った。だがベアトリスの真剣なまなざしを見て、ハッと息をのんだ。

「このぼくが狙われていたと？　ばかな。いったい誰が……」

ことの重大さがわかり、言葉が途切れた。誰かが自分の死を望んでいたという事実にショックを隠せないようだ。

ベアトリスは彼の血の気のない顔を見て、自分が犯人をつきとめてみせますと言いそうになり、あわてて唇をかんだ。ウィルソン氏の弁護士がそんなことを言いだしたら、めちゃくちゃ怪しく思われてしまう。今ここで何かを提案するのは早すぎる。なにしろトーントン卿は、自分の命が危険にさらされていると、たった今知ったばかりなのだ。

あせってはいけない。

とはいえ、彼を殺そうとした人物が失敗に気づき、ふたたび狙う可能性もある。殺人事件を未然に防ぐために調査をすると思うと、ベアトリスは興奮してぞくぞくしてきた。

「標的はぼくだった……」トーントン卿がつぶやいた。「それはたしかなのか？何かの間違いではないのか？」

「わたしの見立て……いいえ、駆けつけた医師によれば、嗅ぎたばこに混入していたヌクス・ヴォミカという毒物により、ウィルソン氏が殺害されたのはほぼ間違いないそうです」

「ヌクス・ヴォミカだと？　そんな名前の毒は聞いたことがないが」

「インドに自生する落葉樹の実から採れる毒です」ベアトリスは答えながら考えていた。トーントン卿の知人のなかで、誰がこの毒物を入手できる機会があるだろうか。彼は地位が高く、貴族院議員でもあり、ウィルソン氏よりはるかにたくさんの人たちと日頃から接触がある。そのなかには東インド会社の関係者も多くいるから、容疑者は膨大な数にのぼるだろう。いったいどうやって絞り込んでいけばいいのか。あのたばこ自体は卿が自分で購入したものだから、〈マーサー・ブラザーズ〉で盗み見た売上台帳は役に立たない。犯人は、ウィルソン氏がうっかり持ち出す前に、あのたばこに触れる機会のあった人間だろう。

　ベアトリスは目を閉じて、ヘイミッシュ氏の台帳を思い浮かべ、トーントン卿があのたばこを買った日付を思い出そうとした。あれはたしか……二十六日だった。間違いない。ウィルソン氏がトーントン卿の屋敷を訪ねる四日前だ。その間、問題の嗅ぎたばこ入れはずっと卿の手元にあったわけではないだろう。ふだんはどこにあったのか。コートのポケットの中？　それとも書斎の机の上？　ヌクス・ヴォミカを手に入れ、あのたばこ入れにも近づける人物とは……。

ああ、ちがう。毒が仕込まれたのは、あのたばこ入れだけとは限らない。

ベアトリスは卿のほうに身を乗り出した。「毒は他のたばこにも、いえ、どのたばこ入れにも仕込まれている可能性があります。すべて安全かどうか確認してください」

「ああ、そうだな」トーントン卿はうなずいた。「ぼくも同じことを考えていた。たばこはすべて処分するよう、すぐパーキンスに伝えよう」

「いえ、毒が混ざっているか調べる前に捨ててはいけません。どのたばこに混ざっているかわかれば、その時期を絞り込めますから――」

だがトーントン卿は、話を打ち切るように立ち上がった。ウィルソン氏の弁護士から指示を受けるつもりはないらしい。「実に有意義な時間だった。礼を言うよ、ライトくん」

ベアトリスも立ち上がるしかなかった。「わたしのほうこそ、お時間をいただいて感謝しております。犯人を見つけるためにお役に立てることがあれば、どうぞご連絡ください」

名刺を渡そうとして、はたと言葉に詰まった。いやだわ、さすがに弁護士ライトの名刺までは作っていなかった。

ただそれはたいした問題ではなかった。トーントン卿は、目の前の弁護士の協力など初めから求めていなかったからだ。「では、さっき言っていた二冊の本を早急に届けてくれたまえ」卿が書斎のドアを開けると、ふたりを追い出そうと執事が待ち構えていた。「ああ、例のたばこ入れも一緒に」

ベアトリスは自分の申し出をあっさり無視され、なんとか言ってくれというように公爵に視線を向けた。無駄なことだとはわかっていた。彼がいきなり巨大な口ひげをむしり取って、「おいトーントン、おまえを狙う人物の調査をこの男に頼むんだ」などと言うわけがない。そうとわかっていながら、訴えるようなまなざしを送らざるを得なかった。目的を遂げるために公爵の地位を利用することに、慣れ切ってしまったのだ。

自分はなんて無力なのだろう。ベアトリスはトーントン卿に力なくうなずくと、仰せの品をすぐにお送りすると約束した。といっても実行に移す気はなかった。ウィルソン氏のアパートメントに本を取りにいくつもりはないし、オトレー夫人の手からあのたばこ入れをもぎ取れるとも思えない。

「きみが悲しそうな理由はどっちなんだろうな」トーントン卿の屋敷を出たとたん、公爵が言った。「ウィルソンが人違いで殺されたからか、それともさらなる調査を断られたからか」

まあ、よくわかっていらっしゃること。ベアトリスは、公爵が彼女の考えをあっさり見抜いたことに舌を巻いた。

「調査を断られたからだと答えれば、なんてひどい人間だと思われるでしょうね」

公爵が辻馬車のドアを開いた。

「だからここは、両方の理由からと言っておきます。ウィルソンさんが間違って殺されたのは本当に残念ですが、やはりトーントン卿を狙った犯人をつきとめたかったですし。動機も容疑者もまったく変わってきますから、調査の方法もちがってくる。でも卿のことを何も知らないままではどうしようもない。とてもやりきれない気分です」

「しかしきみは、自分の無知を補う方法をいつも考え出すじゃないか」

公爵の言葉に、ベアトリスの胸はほろ苦い思いでいっぱいになった。彼女のことをよくわかっていなければ、こうは言わない。やはりふたりの絆は一方的ではなかったのだ。だが同時に、だからなんだという思いもこみあげた。公爵家の血筋を守っていく責任のある彼には、彼女への漠然とした想いを愛情だと考えるわけにはいかない。それはいつまで経っても、彼にとっては何と名付けていいのかわからない感情なのだ。

「さきほどのきみの態度からすると、ぼくはきみの計画のなかで重要な役割をになっているようだが」彼は淡々と言ったが、この先彼女がどういう作戦に出るのかおもしろがっているようだ。「一応確認しておくが、きみが必要としているのは、無礼な弁護士事務所の職員ではなく、公爵閣下としてのぼくだね。必要ならトーントンに会い、命を狙われているようだからぜひ助けたいと伝えようか。なぜ事情を知っているのか怪しむだろうが、きみならもっともらしい理由を用意できるだろう。あるいはきみのことを、内務省に協力している腕利きの調査員だと紹介してもいい」

なにをばかなことを。公爵はさらに続けた。

「自分でも不思議なんだが、やりたくてたまらないんだ」楽しそうな口調はかすかにとまどいを帯びていた。「今回きみの助手に変装したことを、ぼくがどれほど楽しんだかわかるかい？　付けひげの調達を頼まれた従者は目を丸くしていたよ。頭がおかしくなったと思われたらしい」クックと笑った。「そうそう、ぼくがヘイミッシュの注意を引いている隙にきみがカウンターを飛び越えたとき。あれほど痛快だったのは初めてだ。きみのおかげでぼくはとんでもなく堕落してしまったようだな。だが、それもまた楽しからずやだ。感謝しているよ」

痛快だった？　感謝している？

ベアトリスは息をするのもやっとだった。鼓動が激しくなり、指先はしびれたようになって、まるで身体のなかをひっかきまわされたような気分だった。これはつまり……そういうことだろうか。当惑と愛情の間にはほんの少しの、髪の毛一本ほどのちがいしかない。だが彼がそのわずかな距離を埋めるには、大きく口を開けた渓谷を飛び越える必要がある。それに彼がセント・ジョージ教会の回廊を歩く日が近いことは変わらない。

彼女はそれをじゅうぶんわかっていたから、自分の気持ちに気づいてからずっと苦しんでいたのだ。けれども今、もしかして手の届くところに来ているのだろうか。

ベアトリスはとつぜん恐ろしく大胆な、いや無謀としか言えない行動に出た。向かい側に座る公爵に飛びつくと、彼の唇を奪ったのだ。

彼はびっくりした？　いいえ、凍りついたはず……。

けれどもそんな様子はまったくなかった。ベアトリスをかたく抱きしめると、彼女の唇を熱っぽく、だがやさしく舌でなぞった。初めての感覚に、ベアトリスは無我夢中で彼の肩にしがみついた。すると彼は、彼女を自分の膝に乗せようとして姿勢を変えた。

「ベア、ここに」いつもよりもずっと低いハスキーな声だ。

懇願するような口調に、ベアトリスは身体の芯が熱くなった。

もっと彼が欲しい。わたしだけのものにしたい。

だが彼の唇の端をかじろうと口を開けたとたん、息が詰まった。ごわごわした毛皮のような物が口の中いっぱいに入ってきたのだ。

付けひげだわ！

あわてて身体をひいて自分の席に戻ったが、かみ切ったひげが喉の奥に残っている。吐き出そうとしたものの、あまりにも量が多いため、手をつっこんで取りのぞくしかなかった。

うわあ、気持ち悪い。公爵の足元に落ちたひげは、まるで川でおぼれた子ネズミのようだ。

始まりから最後まで、すべてが屈辱的だった。紳士の靴のかかとにくっついた虫けらにも劣る、最下層の生き物にでもなった気分だ。いっぽうで冷静に考え、納得するベアトリスもいた。公爵との関係は、オトレー氏の死体の前で出会ったときから茶番だったのだ。付けひげのせいで終わるとはさすがに予想しなかったが、屈辱と共に終わるのは、当然と言えば当然なのだ。あまりにもかけ離れた相手に求愛したのだから。

深く息を吸い込んでいる公爵を見て、彼が何かこの場をやわらげることを言おうとしていると気づいた。彼は尊大ではあるが、本来は思いやりのある人間だ。おそらくできるかぎりの責任を負うつもりだろう。

ただそのような配慮は、ベアトリスの屈辱をいっそう強めるにすぎない。彼が口を開こうとするのを止めようとしたまさにその瞬間、馬車がポートマン・スクエア近くの角に止まり、彼女は心からありがたく思った。

神さまはやさしくもないけれど、残酷でもない。

御者がやって来るのも待たずにドアを開け、馬車から降りたとき、公爵の呼び止める声がした。

彼女は深呼吸をすると、振り返って彼に笑顔を向けた。茶目っ気のあるほほ笑みであるようにと願いながら。

「さようなら、公爵さま」

その口調を公爵が気に入らないことは、苦痛にゆがんだ顔を見ればわかった。弁護士に扮した乱れた服装のベアトリスと、口ひげの一部がちぎれた公爵。こんな怪しげな男同士ではなく、もっと美しい別れかたをしたかったのだろう。ベアトリスも同じだったが、どうしようもない。くるりと向きを変え、自宅に向かって歩きはじめた。

「ベア、待ってくれ。言いたいことがある」公爵が馬車を降りて呼び止めた。

だがベアトリスが歩みを止めることはなかった。

執事の服を着たケスグレイブ公爵が、街中で若い男に声をかけているのを誰かに見られるわけにはいかない。もしジェンキンスが手綱を握っていたら、代わりに彼女を追わせたかもしれないが、辻馬車の御者にそんなことはさせられない。運が良かったと、ベアトリスはつくづく思った。

自宅はすぐ近くだったが、公爵の視線を感じていると果てしなく遠いように思われ、一足ごとにスピードを速めたくなった。だがそれはできない。行き遅れの哀れな娘が恥ずかしさのあまり逃げ出したとは、死んでも思われたくなかった。

十九番地にたどり着くと、使用人の出入り口に続く階段を駆け下り、窓のなかをこっそりのぞいてみた。誰もいない。ドアを開けてそっと入り、急ぎ足で階段に向かった。自分が外出していたことは、おそらく誰も気づいていないだろう。この日、朝食の席でわざと何回も咳きこんだあと、風邪などひいていないと言い張ったが、家族のみんなは――どんなに寒くてもコートを着ないで外出しようとするラッセルですら――あからさまに顔をしかめ、なるべく彼女から離れようとして椅子をずらしたほどだったからだ。

使用人たちのいるキッチンの横を通り過ぎながら、ベアトリスはそのときの様子を思い出した。もしもセオドア・デイヴィス氏が実在したら、秘密のデートをするくらいなんでもなかっただろう。

慎重に階段を上って廊下に出たところで、裁縫道具を手に居間から出てきたフローラにばったり出くわした。ふたりは無言で見つめ合っていたが、まもなく叔母さんのいらだった声がフローラの背後から聞こえた。「なんでいきなり立ち止まるんです。針の先が曲がってしまうじゃないの」

ベアトリスの顔からさっと血の気がひいた。

するとフローラはいきなり手を伸ばし、廊下のサイドテーブルに置かれた花瓶を倒して下へ落とした。「まあ、わたしったら」砕けた花瓶を見ながらフローラが叫んだ。「なんてことを。ごめんなさい。割れてしまったわ」

ベアトリスは従妹に軽く会釈をして階段に走ると、猛スピードで上がって自分の部屋へ向かった。それから急いでドレスに着替えると、ベッドに倒れこんだ。不安と興奮と寂しさで、すっかり疲れはてていた。

まだ終わっていないことはわかっていた。公爵は屋敷に戻り、執事の服を脱ぎすてたらすぐにでも訪ねてくるだろう。ベアトリスは風邪で寝込んでいますと言われれば、手紙を届けさせ、それが封を切らずに戻ってきたら、社交の場で彼女を探すはずだ。ただそれでも、ふたりきりで話せる機会が得られなければ、さすがにあきらめるだろう。彼はあまりにも育ちが良すぎるため、女性にしつこくつきまとうことはできない。あと一週間、長くても二週間したら、ふたりの関係は本当に終わってしまうのだ。

ベアトリスはホッとすると同時に、悲しくてどうにもやりきれず、しくしくと泣きはじめた。

しばらくしてノックの音が聞こえ、応えもしないのにフローラが入ってきた。

「さっきは本当に危なかったわね。お母さまが――」

従姉が身体を丸めて泣いているのを目にして、フローラは言葉を切った。そして何も尋ねることなく、ベアトリスに駆け寄って自分の胸に抱き寄せた。

「かわいそうなベア。墓地に行ってきたのね。でもだいじょうぶよ。いつかは彼のことを忘れられる。そしてまた元気になるわ。なにもかもうまくいくわよ」どうやら、ベアトリスがいまだにデイヴィス氏の死を嘆き悲しんでいると思ったらしい。

ベアトリスはフローラに抱きしめられ、その心地よさと、彼女の思いやりに感謝した。今この瞬間必要としていたやさしさを、けっして忘れることはないだろう。けれども残念ながら、なにもかもうまくいくことは絶対にありえないのだ。

14

ラークウェル家の舞踏会には出席したくないとベアトリスがどんなに言い張っても、ヴェラ叔母さんは聞く耳をもたなかった。

「何をばかなことを言ってるの」叔母さんは姪のクローゼットをながめながら不機嫌そうに言った。「あら、レディ・アバクロンビーからお借りしたすてきなドレスがまだあるわ。だめじゃないの、すぐにお返しするようにと言ったのに。自分の物にするつもりだと思われたにちがいないわ。なんて恥ずかしいこと！ それにしても本当にすばらしいお品ね。セルリアン・ブルーの色合いがとてもエレガントで、あなたの顔色でさえ美しく見えるもの。こうなったらせっかくだから……」そこで大きく首を振った。「いいえ、やっぱり他のドレスを着ていきなさい。この黄色いのはどうかしら。あまり顔うつりは良くないけれど、あなたはどれを着たって同じようなものだから。さあさあ、さっさと着替えて舞踏会に行きますよ。これ以上おおごとにはしたくないですから。アニーがすぐに手伝いに来るわ」

ベアトリスは叔母さんのとつぜんの方針転換におどろいていた。ここ二週間、風邪をじっくり治すようにと言い聞かされていたのに。胸のなかに疑念がむくむくとわいてきた。「おおごとにしたくないとは？」

ヴェラ叔母さんは、姪っ子の容姿をひきたてるようなキラキラしたものを探して化粧台をひっかきまわしていたが、きょとんとした顔で振り返った。「なんですって？」

「たった今言いましたよね。おおごとってなんのことですか」

「ああ、そのことね。たいしたことではないんだけど」ベアトリスの飾りピンが地味なものしかないことに顔をしかめている。「わたしのガーネットのピンならどうかしら」

「叔母さま。たいしたことじゃないのなら教えてください」

叔母さんはしぶしぶ答えた。「ケスグレイブ公爵にご忠告いただいたの」

ベアトリスはびっくりした。あの日以来、公爵が何度も訪ねてきたのは知っている。だから彼の名前が挙がったことにはおどろかなかった。だが忠告とはなんだろう。何か裏がありそうだ。

「公爵さまはなんておっしゃったんですか」

「あなたがしょっちゅう体調をくずしていることが噂になっているらしいの。ほら、顔の傷のときもずいぶん長かったし、今回も二週間もひきこもっているでしょ。それでね」叔母さんはため息をついた。「わたしたち夫婦があなたを大事にしていないのではと言う人までいるらしくて。ああ、もちろんごく一部の人たちよ。だから気にする必要はないのだけど、やっぱりね。だから今夜の舞踏会にはぜひ出席してほしいのよ。公爵さまのご忠告どおり、噂を消すにはそれが一番だと思うの」

「なるほどね。やられたわ」ベアトリスは小さくつぶやいた。公爵はあれから二週間経ってもまだあきらめず、とうとう彼女を社交の場にひきずりだすことに成功したわけだ。おそらく、あれは一瞬の気の迷いで心から後悔している、申し訳なかったと紳士らしく謝罪するつもりだろう。そんなことはしてほしくないのに。それなのに彼女の意向はまったく無視して、何が何でも自分の謝罪を受け入れさせようと決意しているのだ。こんなにしつこくつきまとわれるとわかっていたら、あのとき馬車に残って彼の申し開きを聞いただろう。

たしかに耐え難い時間だっただろうが、少なくとも彼女の人生における最も恥ずかしい出来事は終わったことにできたはずだ。

いっぽうフローラは、公爵が頻繁に訪ねてくるので、彼がベアトリスに特別な感情を抱いているのではと、これまで以上に考えはじめていた。そしてベアトリスも同じ気持ちでありながら、デイヴィス氏を裏切ってしまったという罪悪感に苦しんでいるのではないかと。なんてかわいそうなベアトリス！　そこでフローラは従姉にこんこんと言い聞かせた。

「あなたが公爵さまと幸せになっても、デイヴィスさんはちっとも気にしないわ。いつまでも彼を恋しがってめそめそするより喜んでくれるはずよ」

するとヴェラ叔母さんが笑った。

「フローラったら。ばかも休み休み言いなさい。公爵さまがベアトリスにプロポーズするだなんて。これほど笑える話は聞いたことがないわ」

「だったらなぜ公爵さまは、何度も何度もポートマン・スクエアに訪ねてくるの？」

夕食の席で娘にこう問われ、叔母さんは頬を染めて答えた。

「それはね、このわたしのせいなの。わたしの思慮深さと節度ある生き方をとても気に入ってくださっていて。特別な友情を感じていらっしゃるのよ」

とうぜん誰もがあきれてものも言えなかった……かと思いきや、おどろいたことに、ホーレス叔父さんはさっと青ざめると、今後公爵が訪ねてきたら自分も必ず同席すると言いだした。

ここ二週間でベアトリスが笑ったのはこのときだけだった。叔父さんが薄い紅茶を飲みながら、嫉妬心を胸に公爵をにらみつける様子を思い浮かべたのだ。

まもなくアニーが現れ、ベアトリスはドレスを着せてもらいながら、どんな手を使ってでも公爵から逃れてやろうと決意を新たにした。彼女を舞踏会にひっぱりだしたからといって、公爵が一方的に自分の話を聞かせられるわけではない。いざとなったらレディ・アバクロンビーに助けを求めればいい。彼女はベアトリスが失恋の痛手から立ち直れるよう、花婿候補のリストに変動があった場合はこまめに連絡をくれていた。とはいえ、公爵とのキスの記憶があまりにも鮮明で、今はリスト上の誰かとどうこうなるとはとても考えられなかった。ただそれでも、レディ・アバクロンビーの心遣いはありがたく、一度訪ねて相談してみようとは思っていた。恋の駆け引きについてはもともと何の知識もないうえに、図書室の本で調べるわけにもいかない。この先一生あのキスのことを思いながら生きていくことになるのではと、こわくてたまらなかった。レディ・アバクロンビーのように恋愛経験の豊富な女性に相談にのってもらえれば、きっと気持ちが楽になるだろう。

とはいえ、彼とのキスを打ち明けると考えただけで、恥ずかしくておかしくなりそうだった。そしてあのとき、自分のなかに生まれた激しい欲望……。

あのごわごわした偽物の口ひげがなかったらどうなっていたことか。もっと強く抱きしめられて、それから――。

「さあ、出来上がりました。とってもおきれいですよ」アニーの声がして、ベアトリスは顔を上げた。

鏡に映った自身の真っ赤な顔を見て、メイドの前で公爵への欲望をつのらせた自分に愕然とした。何か別のことを考えないと、本当におかしくなってしまう。

そこで二週間前、オトレー家を訪ねたときのことを思い出してみた。ウィルソン氏は人違いで殺されたと報告すると、家族や知人のなかに殺人犯がいなかったとわかり、エミリーとアンドリューは胸をなでおろした。だがオトレー夫人はちがった。

「冗談じゃないわ。わたしが心から愛したひとが身代わりで殺されたなんて。あのひとはね、どこかの侯爵の弾除けとして亡くなるような、そんな価値のないひとではないの。やっぱりチャールズは殺人犯の標的だったのよ。わたしがようやく見つけたささやかな幸せを、誰かが卑劣にも奪おうとしたんだわ!」

そう叫ぶなり、両手で顔をおおってふらふらと歩きだし、最後にソファに倒れこんだ。すばらしく情熱的な反応だった。〝心から愛した〟そのひとが痛みに苦しんでいるさなか、トレイを下げるようにとメイドに淡々と指示を出した女性とはとても思えない。

ベアトリスは、オトレー夫人の大げさな言動はこれまでも何度か目にしていた。だがこのときは、真実を知って本当に動揺しているのだと思った。ウィルソン氏があまりにもちっぽけな存在としてこの世から退場したことに耐えられず、彼は極めて重要な男性だったことにしようと決意したらしい。

エミリーのほうは、母親の芝居がかった態度にあきれていたが、それでもやさしく声をかけた。「お母さま、気持ちはわかるけど落ち着いて」

だがそれがうわべだけの言葉だと感じたのか、それともウィルソン氏を以前から嫌っていた娘への拒否反応からなのか、夫人はいやいやをするように何度も首を振った。

「言いたくはないけれど」エミリーは冷ややかに言った。「あの人のせいでお母さまの結婚生活は破綻したのよ。それにアヘンの密売をしていたんだから、立派なひとと言えるかしら」

夫人がおいおいと泣きはじめると、アンドリューはベアトリスを馬車まで送ると言って部屋から連れ出した。

「きみには本当に感謝している。これほど早く解決してくれるとは思わなかった」

居間からガラスの割れる音がして、ベアトリスはびくっとしたが、アンドリューは平気な顔をしている。

「なるべく早くエミリーと結婚されたほうがいいのではありませんか。喪に服すとはいっても、もう半年近く経つのだからじゅうぶんでは」

その一週間後、レイクビュー・ホールでふたりがささやかな式を挙げたという手紙を受け取り、ベアトリスは心からうれしく思った。

さて、アニーはガーネットの飾りピンをベアトリスの髪に挿すと、一歩下がって仕上がりを確認した。一度顔をしかめ、ピンの位置をほんの少し動かしてから、満足そうに言った。

「とってもおきれいです。どこから見ても完璧です」

ベアトリスはその言葉に反応することはなく、ラークウェル家へ向かう馬車のなかでも、前を向いてずっと口をつぐんでいた。いっぽうフローラは目を輝かせ、わくわくしているようだった。「あなたを見て公爵さまはきっと喜ぶわね」

到着したとき、会場はすでに人でいっぱいで、ベアトリスは顔をしかめた。ゲストが到着するたびに、会場全体にその名前が大声で告知されるからだ。彼女の名前を聞いたとたん、公爵が物陰から現れるかもしれない。

だが当然ながら、そんなことはなかった。

その代わりレディ・アバクロンビーがすばやくやってきて、長くひきこもっていたことを非難した。「本当にしようのない人ね。気が強いわりには、身体が弱いんだから。顔の傷で三週間、そして今回は風邪をひいて二週間もひきこもっていたなんて。まあいいわ。すごく大事な話があるのよ」

ベアトリスはあわてて答えた。

「お手紙を何度もいただいたのに、お訪ねできなくて申し訳ありませんでした。でもお送りいただいたリストはすべて目を通しております。みなさますばらしい方ばかりで」けれども、誰を気に入ったかなど具体的な名前は挙げなかった。

レディ・アバクロンビーも期待はしていなかったのか、適当にうなずいた。

「その件はいいの。大事な話というのはね、前にも話した事件の調査のこと。でもその前に、あなたがとりかかっていた事件は終わったのかしら」

「あ、はい。終わりました」まずい。相談したい事件があると言われていたのをすっかり忘れていた。あのキスのせいでいろいろなことが頭からすっぽり抜けているようだ。「今週中には必ずおうかがいしますので」

「あら、きちんと日にちを決めてもらわないと。今すぐ予定を確認してちょうだい」

今週の予定。何かあっただろうか。ベアトリスが思い返しながらふと顔を上げると、その先で公爵が彼女を見つめていた。

ベアトリスは顔を引きつらせ、レディ・アバクロンビーの手をつかんでぎゅっと握りしめた。「一緒にいてください」

レディ・アバクロンビーは一瞬で状況を理解した。

「だいじょうぶ。わたしに任せて」それからゆっくり振り向き、近づいてくる公爵に声をかけた。「あら、ケスグレイブ公爵じゃありませんか。ちょうどお話ししたいと思っていたところですの。竹にかける税金を上げたいと、ジョンストン卿が提案したでしょう。あの案を支持するのはやめてほしいんですの。竹は我が家のレッサーパンダの大好物ですから」

公爵にはベアトリスしか目に入っていなかったのか、レディ・アバクロンビーがすぐそばにいるのを見ておどろいたらしい。彼女に向かってうわの空で挨拶をすると、またすぐにベアトリスに視線を向けた。ベアトリスのほうもそっぽを向くわけにもいかず、彼を見返し、そのブルーの瞳に断固とした決意の色を見て、恐怖に身をすくませた。

やっぱりそうだ。公爵はあのとき判断ミスを犯したことを謝罪し、自分のほうが被害者だというのに、その罪の責任を負う覚悟なのだろう。そんな言葉は聞きたくない。ベアトリスはただ小さく頭を下げた。

「さすがは公爵閣下だわ」レディ・アバクロンビーが言った。「わたしの存在を無視することで面倒な問題に関わらないおつもりですのね。でもそんな作戦は通用しませんよ。二ヵ月ほど前にレッサーパンダを飼う予定だとお話ししたら、それはいいとおっしゃいましたもの。とにかくあの案については、反対にまわってくださいな。さあ、そうすると今ここでおっしゃって」

「おやおやティリー、あいかわらずあきらめが悪いひとだな」公爵の軽い口調には、ごくわずかだがいらだちがにじみ出ていた。「今夜ジョンストンを探し出して、支持を撤回すると伝えますよ。ただその代わり、少しの間ミス・ハイドクレアとふたりきりで話をさせてください。ひどい風邪をひいたと聞いていますが、本当にだいじょうぶなのか確かめたいのです」

どうしてこうなっちゃうわけ？　すでに警戒レベルの速さで高鳴っていたベアトリスの心臓は、今にも破裂しそうだった。けれども、頼みの綱のレディ・アバクロンビーは、あっさり同意した。

「ええ、もちろんよ。どうぞふたりでゆっくり話してちょうだい」ひどい。助けてあげると自信たっぷりに請け合いながら、こんな簡単に見捨てるなんて。「わたしも彼女の風邪があまりにしつこいので心配していたの。愛しいヘンリーがスペインで罹ったたちの悪い風邪を思い出して。あの人はハンカチを持ち歩かない人だったから、きっと戦闘のさなかも洟を垂れ流していたにちがいないわ。まあ弾をかいくぐっていたんだろうから、拭いている暇もなかったでしょうけど。そうだわ、そのときの軍事作戦の話、お聞きになりたい？」

公爵は困ったように言った。「とても興味深いですが、今は遠慮しておきます」

レディ・アバクロンビーはうなずいた。「それはそうよね。舞踏会にはふさわしくない話だわ。今はダンスを楽しまなくては。ええっと——」あたりを見回し、ピンクのドレスを着た若い女性に目を留めた。「あら、あそこにミス・フィルビンがいるわ。彼女のお母さまとはとっても親しいのよ」

そのミス・フィルビンは、社交界で名をはせる貴婦人に手招きをされ、見るからにおびえている。

「ケスグレイブ公爵と一曲踊れば、彼女の人気は急上昇するわ」レディ・アバクロンビーが言った。「ミス・ハイドクレア、あなたもそう思わなくって？」

彼女の手腕に感嘆しながら、ベアトリスは答えた。「ええ、もちろん思います」

「では、そうしましょう」公爵は穏やかに言って、若いレディに向かって魅力的にほほ笑んだ。「ミス・フィルビン、踊っていただけますか」

ロンドンで一番人気の高い紳士に誘われ、ミス・フィルビンの顔には恐怖が張り付いている。「ではミス・ハイドクレア、この続きはまたのちほどということで」

ベアトリスがふたりを見送っていると、レディ・アバクロンビーが言った。

「ねえ、あのお嬢さんは本当にミス・フィルビンだと思う？　似ているとは思うけど、ミス・カートライトのような気もするし、レディ・アマンダにもちょっと似ているのよ。まあ、名前なんかちがっても別にいいわよね。公爵のダンスのお相手をと思って、最初に目についただけなんだから。だけど彼女を選んだのは失敗だったかしら。ケスグレイブに手をとられて顔面蒼白だったもの。でもさっき言ったこと、一度でも彼と踊ったら人気者になれるというのは本当よ。社交界での成功が約束されるのだから、踊っている間、ちがう名前で呼ばれることぐらいなんでもないわよね」

ベアトリスは声を上げて笑った。こんなときだというのに、不思議なほど心から愉快だった。

「あなたには本当におどろかされます。母が大好きだったというのもよくわかりますわ」

「あら、そう言ってもらえるとうれしいわ」レディ・アバクロンビーは当然のような顔で言った。「それより、ケスグレイブとの間で何があったのか教えてちょうだい。ふたりともすごくぴりぴりしていたじゃないの。あなたは不安そうで、彼はいらついていて」

ずばりと指摘され、ベアトリスは真っ赤になった。

「ああ、そういうことね」レディ・アバクロンビーはクスクスと笑った。「だったら経験から言わせてもらうわね。彼ときちんと話し合ってきっぱり決着をつけなさい。逃げたくなる気持ちはよくわかるし、つらい思いもするでしょうけど、やがて忘れられる日が来るわ。できればあなたの決心がつくまでそばにいてあげたいけれど、パーティはまだ始まったばかりだから、つねに一緒にはいられない。わたし以外の味方も見つけたほうがいいわ」

ベアトリスはうなずいた。たしかにそうだ。その言葉どおり、レディ・アバクロンビーはしばらくしてミスター・カスバートにダンスを申し込まれた。ベアトリスがひとりになると、どこからともなくヴェラ叔母さんが現れた。

「あの方が彼女の一番新しい恋人なのよ。まったくね、自由というか奔放というか。ああいうのは感心できないわ」レディ・アバクロンビーが楽しそうに踊っているのを見ながら苦々しげに言った。「我が家はもうケスグレイブ公爵とのつながりもできたし、社交界での立場を強くするために彼女と無理しておつきあいすることもないと思うの。だからあなたも、彼女とはあまり親しくしないでくれるかしら」

ベアトリスは迷っていた。叔母さんの話を聞き続けるのと、公爵とふたりきりで話すのと、果たしてどちらが嫌な思いをするだろうか。だが公爵が近づいてくるのを見た瞬間、身体じゅうの細胞が騒ぎはじめた。彼とふたりきりなんて、とてもじゃないが耐えられないと。

そこでとっとと逃げ出したい思いを抑えこみ、公爵にほほ笑みかけた。叔母さんと公爵の話が盛り上がったところで、さりげなく席をはずせばいい。

ありがたいことに、挨拶の直後から叔母さんが会話の主導権を握り、スコット夫人がヴェネチアで買ったペーパーウェイトについて熱く語りはじめた。思ったとおり、公爵は礼儀正しくうなずきながら聞いている。その途中、ベアトリスは失礼しますと小声で言うと、その場からそっと立ち去った。あまりにも作戦どおりにいったので、うれしくて思わず笑顔になったところで、背後から声がかかった。

「やあ、何かいいことがあったのかな」ヌニートン子爵だった。

「まあヌニートン子爵、こんばんは」ベアトリスは振り向いて、ハンサムな子爵に挨拶をした。

「今夜会えるといいなと思っていたんだ。〈紅の館〉以来、全然姿を見なかったから。ひどく体調をくずしていたと聞いたが、もうすっかりいいのかな」

ベアトリスは長い間、家族以外の誰ともつきあうことなくひっそりと暮らしてきたので、これほど多くの人が自分の不在に気づいていたことにびっくりした。

「はい。まだレイクビュー・ホールでの詳細を明かす覚悟はできていませんが」いたずらっぽく付け加える。

「そんなことはいいんだ。いずれ話してくれると信じているから。それにもっとおもしろい話があるだろう。ぼくも一役買ったんだから、そっちは秘密というわけにはいかないよ」

「あら、付き添いをお願いしたのはレディ・アバクロンビーでは？」ベアトリスは彼との会話が楽しくてたまらなかった。

とそのとき、ワルツの冒頭部分が流れ、ヌニートン子爵が手を差し出した。

「踊っていただけますか？」

ベアトリスは笑いながらうなずいた。「はい。どうしても話を聞き出したいのですね？」

「きみは本当につれない人だなあ」ダンスフロアに向かいながら、ヌニートン子爵は顔をしかめた。「ぼくの苦労も水の泡ってことか」

今回は彼に隠す必要は何もない。関係者の名前だけは頭文字に変え、ベアトリスは調査の詳細を話しはじめた（アンドリュー・スケフィントンがヌニートン子爵の遠い親戚にあたるせいでもあった）。考えてみれば、今回の事件を振り返るのは、オトレー親子とアンドリューに調査結果を報告して以来だった。あのキスのせいで気が動転していたためでもあったが、理由はもう一つあった。毒殺の本来の標的であるトーントン卿にさらなる調査を拒まれ、犯人をつきとめたときの達成感を得ることはもうできないとわかり、事件のことはどうでもよくなっていたのだ。それに結局のところ、トーントン卿はあのあとも無事に生き延びている。しばらく前、彼が〝ミス・フィルビン〟とワルツを踊っているのを目にしていた。

「ようするに人違いで殺されたってことかい？」ヌニートン子爵は目が飛び出さんばかりにおどろいたせいで、せっかくのハンサムな顔も、〝ややハンサム〟という程度になっていた。「被害者Wは、はからずもTの身代わりになって死んだと」

「そういうことです」ステップを踏みながら、ベアトリスは彼を見上げた。「あのたばこ入れさえうっかり持ち帰らなければ、Wは今もぴんぴんしていて、Tが殺されていたでしょう」

「なんてことだ。戦場で流れ弾に当たったようなものか。いや、それ以上だ。そんな偶然があってたまるものか。まったく前代未聞の事件だ」

そんな偶然があってたまるものか？

この言葉に、ベアトリスの心の奥底から何かが呼びさまされ、ステップを危うく間違えそうになった。

ふいに、ピカデリー近くにあるウィルソン氏の部屋の記憶がよみがえった。JBWとイニシャルが縫い込まれたハンカチ。棚の上にあったジョルジュから贈られたロケット。どちらも明らかにウィルソン氏の物ではない高級品だ。

それと……モゥブレイ卿が酔っぱらいながらしつこく繰り返していたあの言葉。

「大事な魔除けの指輪を、ウィルソンと会った直後になくしてしまったんだ」

信じられないが、間違いない。ウィルソン氏には、他人が持っている魅力的なものを盗まずにはいられない性癖があるのだ。

「ミス・ハイドクレア」ヌニートン子爵の心配そうな声が聞こえた。「様子がおかしいよ。だいじょうぶかい?」

ベアトリスは我に返ると、自分が彼の腕のなかにいることに気づいてびっくりした。「ああ、はい。だいじょうぶです。すみません」それでもまだふわふわとした気分だった。たしかトーントン卿はこう話していた。

「仕事でインドに駐在すると聞いて何度も止めたんだ。あんな土地では身体が持たん、死んでしまうぞと。だがチャールズは頑として聞き入れなかった。忠告されるとその反対をする男なんだ。一緒に育ったようなものだから、彼のことはよくわかっているんだがね」

彼のことはよくわかっている。つまり、盗み癖のこともよく知っているわけだ。

だからまずは、ウィルソン氏が欲しくなるような物を探し、それに毒を仕込んで彼を殺そうと計画したのではないか。

ベアトリスの喉はからからになり、鼓動が激しくなった。

だがインドとのつながりもないのに、ヌクス・ヴォミカを手に入れられるはずがない。もしやロンドンのどこかで、同じような症状を示す毒物を調達したのだろうか。

いや、それよりも重要なのは殺害動機だ。

ウィルソン氏との関係は良かったように話していたし、そもそも彼はかつての使用人にすぎない。ともに育ったというから、昔の恨みでもあるのだろうか。それとも最近何かあったのだろうか。

動機を考えることに没頭していたので、ベアトリスは楽団の演奏が終わったことに気づかなかった。ヌニートン子爵が何度も彼女の名前を呼んでいる。

「本当にだいじょうぶですか？」彼がのぞきこんだ。「熱でもあるのかな。また風邪がぶり返したのかもしれないね」

彼の心配そうな顔を見て、ベアトリスは胸を打たれた。「いいえ、ただ――」とそのとき、トーントン卿の姿が視界の隅に入った。ダンスフロアを横切り、廊下に向かっている。

追いかけなくちゃ。ベアトリスはとつぜん大股で歩きだしてから、あわててヌニートン子爵を振り返った。「このとおり、元気いっぱいですわ」

人込みをぬけ、トーントン卿の後ろ姿がふたたび見えたのは、テラスへの入り口だった。広いテラスに出ると、鳥肌がたつほど寒い。どうりで先客がひとりもいないわけだ。卿は奥の手すりにゆったりともたれている。

ベアトリスは小走りで彼のもとへ向かうと、いきなりきつい口調で告げた。

「彼が勝手に持っていくと、初めからわかっていらしたんですね」

初対面の目上の人間に自分から話しかけるというマナー違反をベアトリスが犯したのは、レイクビュー・ホールで公爵に質問して以来のことだった（トーントン卿の屋敷を訪ねたときには、ウィルソン氏の弁護士という別人に扮していた）。

だが卿はマナーについてはとやかく言わず、おもむろにポケットから葉巻を取り出した。「お嬢さん、いったい何の話だい？」

ベアトリスは一歩彼に近づいた。「あの嗅ぎたばこ入れのことです。彼の盗み癖をご存じだったんですよね。スウィフトの本もやはり盗まれた物でしょうか」

トーントン卿は目をすがめてベアトリスを観察した。こんな娘にどこかで会ったないだろうか。まったく見覚えがないが。「誰のことを言っているのか皆目わからないが、これだけはわかる。きみが無礼極まる人間だということだ。さあ、今すぐぼくの目の前から消えてくれ」彼はそっぽを向き、すぐ脇にある松明に葉巻を近づけ、火をつけた。松明は手すりに沿って等間隔で配置されている。

「トーントン卿。わたしが申し上げたのは、あなたがチャールズ・ウィルソン氏を殺害した件です」彼が最初の一服を口にしたとき、ベアトリスが迫った。「手癖の悪い元使用人の前に、あなたがこれ見よがしに高価なたばこ入れを置きっぱなしにした件です。中身の嗅ぎたばこに毒を混ぜ、彼がそれを吸い込んで悲惨な死に方をするようにあなたが仕向けた件です。すべてよくご存じのはずです。ただその毒がヌクス・ヴォミカでないのなら、何だったのでしょう」

ヌクス・ヴォミカと聞いて、トーントン卿は目を大きく見開いた。

「おやおや、ライトくん。きみだったのか」楽しそうに笑みを浮かべた。「弁護士のスーツ姿より、ドレスのほうがずっと魅力的だ」それから顎に手をあて、感心したように言った。「うん、きみは実に賢い。まさかぼくを犯人だと見破る人間がいるとは思わなかった。しかもそれが若い女性とはね。名前は何と言ったかな？」

「まだ名乗ってはいませんし、殺人犯に名乗ろうとも思いません」

彼はベアトリスの失礼な態度を気にするふうでもなく、にっこり笑って葉巻を吸い込んだ。

「そういうつれないところもまた魅力的だ。だからきみの疑問に答えてあげよう。あの毒は、港近くのパブで従僕が調達してきたものだ。ストリキニーネといってね、酒場の主人がビールに垂らし、苦みを加えるのに使うんだ。ビールが薄めてあると客に気づかれないように。よくあることだが、もちろんごく少量だ。常連客が死んでしまったら元も子もないからね」

ストリクノス・ヌクス・ヴォミカ。ベアトリスはインド原産の木の名前を思い出した。ストリキニーネという名前からして、同じ種類の毒だろう。

「なぜなんです？」ベアトリスは尋ねた。「彼はあなたに何をしたんですか」

「お嬢さん、彼が何かしなかったことがあるのかな？」自分の質問をおもしろがっているようだ。「あいつは筋金入りの盗人なんだ。つねに誰かの物をかすめとることばかり考えている。子どものころからそうだった。デザートを一切れ多く食べたり、ぼくの本や文房具を盗んだり。父上はたいしたことじゃないと甘やかしていたが、ぼくは頭がおかしくなりそうだった。まるでぼくの物を自分の物だと考えているようだったな。やつが父親のあとを継いで執事になると、さらにエスカレートした。そして父上が亡くなってわずか二ヵ月後、家宝の一つである細密画がなくなり、母上はひどく取り乱して、自分を責めて寝込んでしまったんだ。それ以来五年近く、ずっとふさぎこんでいる」

「それでもう許せない、殺そうと考えたのですね」小さな過ちの積み重ねが、人をそこまで追い込むとは。ベアトリスは背筋が寒くなった。

「いや、ちがう。このままではいけないと、ぼくもとうとう覚悟を決めたのはたしかだ。それでも自ら手を下そうとまでは思わなかった。そんなときオトレーが執事を探していると知り、彼のもとで働けばいずれはインドに送られるだろうと思い、ウィルソンを推薦したんだ。あの厳しい環境で苦しめばいい、結果として死んでしまえばいいと思ってね。だが期待どおりにはいかず、やつは無事に戻ってきた。そこで今回の計画を考えたわけだが、それでも殺すつもりはなかった。彼がもし盗みをはたらくという行為に及び、その結果死んでしまったのなら……」肩をすくめた。

「それはしかたがないがね。あのたばこ入れはぼくの物であり、それは彼もよくわかっていた。誰もぼくを責められないだろう。自分のたばこに毒をまぜただけなんだから」

ベアトリスは彼の言い分がもっともだと思うからこそ、いっそういらいらした。道徳的には許されないが、法で裁かれることのない巧妙な方法だ。彼の殺意を明らかにしたのは、その声色ににじんだうれしそうな悪意だけだ。

だがベアトリスは黙って引き下がるのはいやだった。

「本当にそうでしょうか？」軽い口調で言った。「でしたら今すぐ舞踏室に戻り、あなたの今の話を披露して、どれだけの方たちがあなたを無実だと思うか確かめてみませんか。楽しい余興になりそうですし」

トーントン卿は声を上げて笑い、平然とした顔でもう一度葉巻を吸った。

「ねえ、きみ。いったい誰がそんな話を信じると思うんだ？　第一に、きみは女性だから信用できない。つぎに、きみは社会的に取るに足らない立場だから、やはり信用できない。最後に、きみはひどく地味で目立たない。そういう女性はよほどの持参金でもないかぎり、誰の注目も集めない。どうぞ舞踏室に戻って好きなことをみんなに話せばいい。だがぼくも同じように、舞踏室で別のおもしろい話を披露しよう。誰かひとりぐらいはきみがぼくのあとを追ったのを見ているはずだからね」

彼はいまや、ベアトリスとのゲームを楽しんでいるようだった。「だからこう話そう。きみは大胆な趣向を好むとても魅力的な女性で、これまで何度か逢瀬を重ねたが、ぼくが今後の交際を断ったことで、どうやら頭がおかしくなったようだと。みんなはきみの話よりもこっちを信じてくれると思うがな。地位も財産もなく、若くもない女性をぼくが結婚相手として考えるわけがないからね」

大胆な趣向？　うーん、具体的にはどういったことかしら。よくわからないけど、おどしとしてはなかなかのもの。というより非の打ちどころがない。実際そのとおりなのだから。

それでもベアトリスは、自分の負けだとは思わなかった。彼女の話を信じてくれる人が、少なくともひとりはいるからだ。そう、ケスグレイブ公爵だ。彼なら彼女の言葉を一言一句信じ、真相を治安判事に伝えてくれるだろう。トーントン卿が彼女とつきあっていたという話に動揺することもないだろう。ベアトリスがそんな不道徳な女性だと信じるわけがない。それに彼女の知性と推理力には絶対の信頼感を持っている。さらに言えば、殺人犯のトーントン卿がまんまと罪を逃れでもしたら、秩序ある状態こそを大事にする公爵には耐えられないはずだ。

結果的に、証拠不十分だという裁定が下されるかもしれない。だが今回の事実が明るみに出れば、トーントン一族の名誉は失墜し、侯爵はみじめな人生を送ることになるだろう。

ベアトリスの目に恐れの色がまったくないのを見て、トーントン卿は急に落ち着かなくなり、やがて混乱と不安が顔いっぱいに広がった。

そこでベアトリスはつんと顎を上げ、舞踏室に戻ろうと踵を返した。とそのとき、トーントン卿が彼女の腕をつかんだ。そして自分に引き寄せると、彼女の背中を石の手すりに押し付け、冷ややややかな顔で言った。

「愚か者めが。ぼくがウィルソンを死に追いやった話を披露するだって？　そんなことが許されるとでも思ったのか？」冷たい瞳に炎が燃え上がるのが見えた。「いいか。まずはおまえの首をへし折ってやる。そのつぎに、この手すりから投げ落とす。最後に、何事もなかったかのように舞踏室へ戻る。心配することはない。ほんの一瞬のことだから痛みは感じないだろう。よし、覚悟はいいか？　三つ数えたらグッバイだ。ワン……」

この紳士は人を殺すことを何とも思わないのか。ベアトリスは彼の非情さに呆然としながらも、つかまれた腕をふりほどこうともがきはじめた。その動きを、彼が身体の重みを使って封じ込める。もうこれまでかと、ベアトリスは目をつぶりそうになった。危ない目には何度も遭ったが、これほど死を間近に感じたのは初めてだった。

何か武器はないだろうか。何か……。そのとき、赤い炎が目に入った。

松明（たいまつ）がある！　すぐ近くに。手の届くところに。

あと三十センチ、左手を伸ばせば。

身体をひねりながら、あまりの痛みに息をのんだ。彼の身体が胸に押し付けられ、背中に手すりが食い込んでいるのだ。

「ツー……」トーントン卿が数える。

怒りと憎しみ、そして絶望でベアトリスは身を震わせながら、力を振り絞り、頭を彼の胸に突きたてた。

ドン！

胸郭の真ん中に激しい頭突きを喰らったトーントン卿は一瞬ひるみ、ベアトリスを押さえつけていた力がわずかにゆるんだ。その隙を逃さず、ベアトリスは松明のほうに左腕をめいっぱい伸ばした。

あともう少し……ほんの少し……。ああもうっ、いらいらするっ！

ベアトリスはキィーっと悲鳴を上げた。

トーントン卿は大きな身体をふたたび押し付けてきて、彼女の顔を両手で包み込むと、恐ろしい形相でにらみつけた。「スリー……」

とそのとき、トーントン卿の怒りも、ベアトリスの恐怖も、すべてを吹き飛ばすような叫び声が聞こえた。

「ベア！　何をしている！」三月の冷たい夜気を、苦悶に満ちた声が引き裂いた。

「きみというひとは……。ぼくをそこまで苦しめたいのか？　ヌニートンだけでは飽き足らず、そんな男とまで？」

その言葉におどろいたトーントン卿が力をゆるめたとたん、ベアトリスは手を伸ばして松明の持ち手を抜き取り、それを卿の頭に力いっぱいたたきつけた。彼はよろめくと同時に、自分の髪に燃えうつった炎を見て悲鳴を上げた。ベアトリスもまた恐怖で悲鳴を上げながら、トーントン卿に体当たりをして地面に押し倒した。彼はすでに気を失いかけている。彼女のそのあとの動きもすばやかった。卿の頭の上にとびかかると、ドレスで炎を消し止め、彼の全身が焼き尽くされるのを防いだのだ。

「わたしが大胆な趣向を好むっていうのは、こういうことだったの？」卿の胸にまたがり、彼の頭を握りこぶしでポカポカとたたきながら叫んだ。

けれどもすぐにケスグレイブ公爵が片ひざをつき、彼女をたくましい腕で抱きかかえた。

「さあ、もうたたく必要はない。きみは安全だ。きみが勝ったんだ」公爵は彼女の頬と額に口づけ、さらに唇と目の横にもキスの雨を降らせた。

だがベアトリスは激しく首を振り、腕をふりあげようとして暴れた。すると公爵は彼女の肩をつかんで自分のほうを向かせ、ブラウンの瞳をのぞきこんだ。

「しようのないお嬢さんだ。それなのにそんなきみを、ぼくは愛してしまった。もうどうにもならないほど愛しているんだ。あの日から二週間、ほんの一瞬でも話をさせてくれたらそうと伝えられたのに。そうしたらきみは、こんな悪党の上にまたがっていることもなかっただろう。そもそもきみはなぜ――」

「ああもう！　お説教は結構です！」

どうしてこんなときでも、公爵はくどくど説明するのだろう。すべてにおいて完璧なケスグレイブ公爵は、あらゆることが正確でないと――たとえば戦艦の名前ですら参戦順に挙げないと――気が済まない。だから愛の告白でさえ、余計なことまで言い添えずにはいられないのだ。

けれども、こうした非常時ですら変わらぬ彼の言動に、ベアトリスはしだいに落ち着きを取り戻し、彼のあたたかな抱擁に身を任せた。なんて心地よいのだろう。ようやく安全な場所に、心から安心できる場所にたどり着いたのだ。何があってもだいじょうぶだと思える場所に。意識の朦朧（もうろう）とした殺人犯の胸の上に座ったまま、彼女は黙って公爵の胸にもたれた。

説明すべきことは山ほどあったが、ひと言も口にする気にはなれなかった。トーントン卿の告発やレディ・ヴィクトリアへの対応など、これから起きるさまざまな問題も考えたくなかった。いやでも対峙せねばならないのだから、今はまだこのままでいたい。

ベアトリスのお尻の下からトーントン卿のうめき声が聞こえてきた。だが公爵はかまわず、ふたたび彼女に口づけた。心のこもった甘くやさしいキスだ。ベアトリスは思わず瞳を閉じた。

「わたしも愛しています」そう言って、そっと息をついた。

公爵がほほ笑んで、彼女の額に自分の額をコツンとぶつける。

見つめ合うふたりの甘い時間は、永遠に続くかと思われた。

「ぼくが目にした暴力沙汰から判断すると——殺人犯にたったひとりで立ち向かうという愚かな判断についてはまたあとで話し合うとして——トーントンがウィルソンを殺したと考えていいんだね？」

ベアトリスが笑顔でうなずいたとき、彼女のお尻の下にいたトーントン卿が激しくもがきはじめた。

「おいケスグレイブ、きみはどうかしている。こんなあばずれの言うことを信じるなんて」彼は身体を左右に振り、ベアトリスを振り落とそうとしたが、失敗に終わった。「いいか、ぼくはチャールズの死でひどく参っていた。華やかな舞踏会に出席する気にもなれないほどだ。なんといっても彼はぼくの身代わりになって殺されたんだから、一生重荷を背負って生きていくしかないと。そうしたらこの野蛮な女が、精神的にまいっているぼくに近づいて誘惑してきたんだ。だが拒絶すると、凶暴な本性を現した。きみもその目で見ただろう。このあばずれはいきなり頭突きをして、ぼくを松明の火で焼き殺そうとしたんだ」

まったくのでたらめを並べ立てることでどれほど自分が愚かに見えるか、卿は知る由もなかった。必死で話しているせいで頰は真っ赤になり、額は煤で汚れ、髪の毛の半分は焼け焦げている。

ベアトリスは不満そうに言った。「あばずれですって？　失礼な。わたしはまもなく婚約をする身なのですよ。目の前にいる紳士と」

トーントン卿はヒュウと息をのんだ。

公爵はベアトリスを見ながら、唇をゆがめた。

「プロポーズの言葉をぼくに言わせてくれないのか？」

ベアトリスは澄ました顔でドレスの前を整えたが、かえって全体に煤を広げるだけだった。「公爵さまは、はっきりと意思表明をするだけに二週間以上もかかりました。ですから、待ちくたびれる前にわたしのほうから申し上げるしかないと」

「ケスグレイブ、こいつはきみが思っているような女じゃない」一緒に立ち上がったふたりに、トーントン卿が叫んだ。「ひどいペテン師なんだ。男装して弁護士に化け、ぼくをだましたんだ。おかしな口ひげを生やした助手まで連れて。信じられないだろ？」

公爵は卿を無視して、ベアトリスがドレスを整えるのを手伝った。

「ベア、ぼくを責めるのは筋違いだ。その二週間、何度も訪ねていったし、十通以上も手紙を送ったが、未開封のまま返ってきたのだから」

トーントン卿は仰向けになったまま、今度は自分の高価なたばこ入れをベアトリスが盗んだと騒ぎ立てている。だが彼女も公爵と同じく、見向きもしなかった。

「レイクビュー・ホールでは木登りがお得意だったようですけど。レンガの壁はどうにもならなかったのですか？」

「なるほど、今ようやくわかったよ。つまりぼくは〝ヘラクレスの十二の試練〟のように、自分の罪をつぐなう必要があったんだな」ふたりはテラスの出入り口に向かっていた。

ベアトリスは子どものころに教えられたヘラクレスの試練をいくつか――ディオメデスの人喰い馬の退治、エリュマントス山のイノシシの捕獲、九つの頭を持つ水蛇ヒュドラ退治――挙げ、それに比べれば、ロンドンのタウンハウスの壁を登るなどたいした試練ではないと返した。するとすかさず公爵が指摘した。

「それを言うなら、九つの頭を持つ水蛇ヒュドラ退治、エリュマントス山のイノシシの捕獲、ディオメデスの人喰い馬の退治の順だろう。全部を挙げられないのなら、せめて物語に出てくる順番ぐらいは守ってほしいな」

ベアトリスがほほ笑んだ。「HMSゴライアス、HMSオーデイシャス、HMSマジェスティックですか」

「ナイルの海戦」での戦艦の名前をベアトリスが参戦した順に挙げたことで、公爵はもうこれ以上我慢できなかった。トーントン卿がふらふらと立ち上がっているのは視界の隅に入っていたが、戸口で立ち止まると、降参だとでもいうようにベアトリスに激しくキスをした。

「ぼくはなんて愚か者だったんだ。きみの心は手に入れたとしても、きみの身体を望むことは許されないと思っていた」唇を離してやさしく言った。「今すぐ結婚しよう。ぼくはこんなふうに、望みがかなわずにもがき苦しむことには慣れていないんだ」

ベアトリスは喜びのあまり力が抜けそうになったが、それでもほほ笑んで言った。

「でしたら、そうした苦しみに耐える秘訣を教えてさしあげましょう。わたしはその道の専門家ですから」だが公爵が返事をする前に、背後から不気味なうなり声がした。ベアトリスがあわてて振り返ると、あっと思う間もなく、怒りに震えたトーントン卿がおそいかかってきた。このままでは自分はもう終わりだ、その前にせめて一発くれてやろうと思ったらしい。けれどもベアトリスがあとずさった瞬間、公爵の右のこぶしがトーントン卿の頬にめりこみ、卿はもんどりうって床に転がった。

大きな麻袋のように、ぴくりとも動かない。ベアトリスは彼が気を失っていることを確認すると、公爵に尋ねた。

「このままテラスに置いていってもいいのでしょうか」

公爵はうなずくと、ベアトリスをうながして屋敷のなかに入り、テラスのドアを閉めた。

「そのうち気がつくだろう。それまでに警察を呼びにやらせよう」

「それはいいお考えですね」危険がなくなると、ベアトリスは急に喉のかわきを覚えた。なにしろ命がけの戦いを終えたあとなのだから。下手をしたら今ごろ首をへし折られ、庭の敷石の上に倒れていたかもしれない。「ではその間、飲み物をいただいております。警察官が到着したらお呼びください。わたしから説明いたしますから」

「わかった」公爵はうなずいたものの、すぐには立ち去らなかった。「だがその格好で舞踏室に戻るのはどうかな。髪は乱れ、ドレスも汚れているから、賢明とはとても思えないが」

「公爵さま。わたしのような行き遅れの女は、誰の注目も浴びません。だからこの格好で舞踏室に行っても何の問題もないのです。それよりラタフィア（サクランボのリキュール）を我慢するほうがよっぽど賢明とは言えません。まるで丸一日、砂漠をさまよっていたみたいに喉がからからなんですから」

公爵は歩きだしたベアトリスの手をつかみ、ぐいと抱き寄せた。

「だめだ。行かないでくれ」ふだんの彼とは別人のように懇願し、彼女の唇をふたたび奪った。

彼の気持ちはうれしかったものの、ベアトリスは少しだけいじわるを言いたくなった。

「ほんの少しの間でさえ、わたしがいなければ生きていけないと？」

今度は公爵が笑った。

「いや、すでに結婚を承諾してもらえたから、今のぼくには一片の不安もない。社会の頂点に立つ人間なのだから当然だろう」

あいかわらず、彼の尊大さはとどまるところを知らない。だがケスグレイブ公爵なら、そう来なくては。

「公爵さま、ご自分を過大評価するのもたいがいになさいませ。ですが、今はその誤った認識を正しているひまはないのです。とにかく喉を潤さなくては」

「しかたがない」ブルーの瞳がきらめき、ベアトリスは目がくらみそうになった。

「貸しは必ず返してもらうよ」

「それは挑戦状でしょうか」ベアトリスはまだ軽口をたたく余裕があることにホッとした。彼の美貌に目はくらんでも、頭のほうは冴えたままだ。「ご存じかと思いますが、わたしにとって、仰ぎ見るほど高い公爵さまの自尊心を串刺しにするほど楽しいことはありません。どうぞ覚悟してお待ちくださいませ。ではそろそろ失礼して、テーブルのほうにまいります。トーントン卿が手錠をかけられて舞踏室に連れてこられるのを楽しみにしておりますわ」

ベアトリスはくるりと身をひるがえし、舞踏室へと歩きだした。だが十歩も行かないうちに、香水の甘い匂いで卒倒しそうになった。未来のケスグレイブ公爵夫人を自分のお茶会に招こうと、レディたちが我先にと駆け寄ってきたからだ。

訳者あとがき

〈行き遅れ令嬢の事件簿〉シリーズの第三作『公爵さま、それは誤解です』（原題 *The Infamous Betrayal*）をお届けいたします。はじめて本シリーズを読んでいただく方のために、湖水地方でベアトリスが公爵と初めて出会った一作目、そしてロンドンで再会してまたも殺人事件に挑む二作目と、これまでの流れを振り返ってみたいと思います。

舞台は十九世紀初頭のイギリス。幼いころに両親を亡くし、叔父夫婦に育てられたベアトリスは、周囲への気兼ねからか引っ込み思案で自分に自信のもてない娘になってしまいました。また地位も財産も美貌もないため、当時は唯一の独立手段であった結婚もできず、二十六歳になった今は、〝行き遅れ〟としていっそう肩身の狭い毎日を送っていました。けれども実際は知的好奇心が旺盛で聡明な彼女です。暇さえあれば本を読み、さまざまな知識を蓄え、自分の能力を試せる日がいつか来ることを待ち望んでいました。そんなある日、湖水地方でのハウスパーティに招かれ、真夜中の図書室で血まみれの死体を発見。その場に居合わせたケスグレイブ公爵と共に犯人探しに乗り出すことになります。とはいえ公爵は富、地位、美貌と三拍子そろった尊大な貴公子で、あらゆる点で正反対のふたりは、何をするにも衝突してばかり。それでもやがて相手の能力を認めあうようになり、身分差を越えた〝同志〟となって真相に迫っていきます。

つづく第二作の舞台は五ヵ月後、社交シーズンの始まったロンドン。新聞社でハンサムな紳士が刺殺されたのを目撃したベアトリスは、ふたたび自分の力で犯人を見つけようと決意します。ところが厳格な身分社会で男尊女卑も激しいこの時代では、調査をしようにも彼女の立場ではなかなか相手にされません。そんなときケスグレイブ公爵から救いの手が差し伸べられ、彼の特権や人脈をいかしながらふたりは容疑者を絞り込んでいきます。ただ残念ながら、ベアトリスは頭脳明晰ではあるものの、思いこみが激しく、見当はずれの言動をすることもしばしばで、危なっかしいことこのうえありません。けれども公爵はそんな彼女が気になってしかたなく、ベアトリスのほうも、身の程知らずと思いつつも公爵に惹かれていきます。果たしてこのふたり、いつの日か身分差を越えた〝恋人同士〟になる可能性はあるのでしょうか。

そして三作目の本書。ベアトリスは思いもよらぬ人物から殺人事件の調査を依頼され、待ってましたとばかりに二つ返事で引き受けます。〝探偵〟としての能力に自信がついたというのもありますが、それ以上に、調査に没頭することで、婚約発表も間近といわれる公爵への想いを断ち切りたいと思ったからです。そのため、以前なら決して足を踏み入れることのない賭博場や高級店にまで潜入調査に向かいますが、なぜか行く先々で公爵とばったり出会い、結局は今回も彼と手を組むことになります。絶妙なチームワーク（？）で証拠集めに奔走するふたりの迷コンビぶり、のんびり楽しんでいただけたらうれしいです。

また身分違いのロマンスの行方も気になるところですが、もともと奥手のベアトリスはまだしも、恋愛のエキスパートだと豪語していた公爵までもが、彼女のそばをうろちょろするばかりでなかなかスムーズには進みません。こちらは思いっきりやきもきしながら、後半の展開に期待していただきたいと思います。ただこの先どう変わっていくにせよ、〝同志〟としてはじまったふたりの関係は、ベアトリスの願いどおり、上下関係のない〝対等〟なままであり続けるように思います。そしてそんなふたりの姿を通じ、二百年後の現在もなお、男性優位の社会で生きづらさを抱える女性たちに著者はエールを送っているのかもしれません。

さて第四作では、ハイドクレア家の思いもよらない秘密が明らかになり、そのせいでベアトリスと公爵の関係もぎくしゃくしてしまいます。これまで以上にスリリングな展開になりますので、どうぞお楽しみに。邦訳版は二〇二四年七月に刊行予定です。最後になりましたが、今回も原書房の皆さまには大変お世話になりました。この場をお借りして心より感謝申し上げます。

それではどうぞ、ベアトリスと一緒に（いろいろな意味で）どきどきしながら、摂政時代を舞台にした毒殺ミステリをお楽しみください。

二〇二四年一月

コージーブックス

行き遅れ令嬢の事件簿③
公爵さま、それは誤解です

著者　リン・メッシーナ
訳者　箸本すみれ

2024年　2月20日　初版第1刷発行

発行人　成瀬雅人
発行所　株式会社　原書房
〒160-0022 東京都新宿区新宿1-25-13
電話・代表　03-3354-0685
振替・00150-6-151594
http://www.harashobo.co.jp
ブックデザイン　atmosphere ltd.
印刷所　中央精版印刷株式会社

落丁・乱丁本はお取り替えいたします。
定価は、カバーに表示してあります。
 ISBN978-4-562-06136-5 Printed in Japan